아들아, 생각을 바꾸면 인생이 달라진다

자신의 운명을 바꾼 100인의 명인들

轉折-100位名人改变命运的故事
作者：邱庆剑、黃雪丽

– 자신의 운명을 바꾼 100인의 명인들 –

아들아, 생각을 바꾸면 인생이 달라진다

치우칭지엔 · 황쉬에리 편저
허유영 옮김

새론북스

자신의 운명을 바꾼 명인들, 그들의 일화가 숨겨진 우리의 재능을 깨운다!

아들아, 생각을 바꾸면 인생이 달라진다

- 자신의 운명을 바꾼 100인의 명인들 -

001

피카소

남들이 자신을 찾게 만들다

세계적인 화가 피카소도 청년 시절에는 파리에서 무명으로 활동하며 어려운 생활을 한 적이 있다. 당시 그는 누구보다 열심히 그림을 그렸지만, 화랑에서는 유명한 화가의 작품만을 찾을 뿐 그의 그림은 거들떠보지 않았다.

날이 갈수록 피카소는 점점 지쳐갔다. 이제 그의 수중에 남은 돈은 은화 열다섯 개뿐이었다. 그의 앞에는 단 두 가지 선택밖에 남아 있지 않았다. 하나는 그 돈을 모두 써버리고 파리를 떠나는 것이고, 다른 하나는 거리에서 구걸을 하는 것이었다.

하지만 피카소는 이 가운데 그 어떤 선택도 하지 않았다. 대신 자신이 가진 모든 것을 걸고 마지막 승부수를 던지기로 결심했다.

그는 대학생 몇 명을 고용해 그들에게 매일 파리 시내의 화랑들을 돌아다니며 화랑 주인에게 이런 질문을 던지도록 했다.

"피카소의 그림이 있습니까?"

"어디에 가야 피카소의 그림을 살 수 있습니까?"

"피카소가 파리에 왔습니까?"

그렇게 한 달이 지나자 파리 시내의 모든 화랑 주인이 피카소라는 화가의 이름을 알게 되었다. 하지만 피카소의 그림을 사려는 사람이 많은데 반해 화랑에서는 도무지 그의 그림을 구할 수가 없었다. 이제 화랑 주인들은 피카소가 하루빨리 파리로 오기만을 손꼽아 기다렸다.

얼마 후 피카소가 드디어 파리에 왔다. 아니, 정확하게 말하자면 바로 화랑 주인들 앞에 나타난 것이다. 피카소를 만난 화랑 주인들은 너나 할 것 없이 앞 다투어 그의 그림을 사려고 했고, 피카소는 순식간에 자신의 그림을 모두 팔 수 있었다. 그리하여 화랑마다 작품들이 전시되니 그의 이름이 유명해진 것은 물론이었다.

이 세상에는 뛰어난 재주를 가졌음에도 불구하고 가난한 사람들이 수없이 많다. 성공이 99%의 노력과 1%의 재능으로 이루어진다고들 하지만, 단 1%를 차지하는 재능이 없다면 결코 성공할 수 없다. 스스로 빛을 내겠다고 애쓸 것이 아니라, 남들이 찾아와 자신을 닦아 광을 내주도록 만들어야 한다. 피카소처럼 남들이 자신을 찾게 만드는 것도 좋은 방법이 될 수 있다.

002

갈릴레이

영광을 남에게 돌린다

르네상스 말기, 대부분의 과학자들이 경제적 어려움을 겪고 있을 때, 비교적 여유로운 상황에서 연구에 매진한 과학자가 있었다. 바로 이탈리아의 천문학자이자 수학자인 갈릴레오 갈릴레이였다. 그는 자신이 이뤄낸 연구 성과나 발명품을 자신의 후원자에게 흔쾌히 양보하고, 그 대가로 자금을 얻어 계속 연구를 진행하곤 했다. 하지만 그의 연구 성과가 아무리 위대한 것이라 하더라도 후원자들은 그에게 현금이 아닌 선물로 감사를 표시했기 때문에 갈릴레이의 생활은 기대만큼 안정적이지 못했다.

1610년, 그는 목성 주변을 돌고 있는 위성을 발견하고, 이 성과를 피렌체의 메디치 가문에 선사했다. 그는 메디치 가의 코시모 2세가 대공으로 등극한 것을 경축하기 위해 즉위식에 맞춰 이 사실을 발표했다. 그러면서 목성과 그 주변을 도는 네 개의 위성은 토스카나 공국을 지배한 코시모 1세와 그를 보좌하고 있는 코시모 2세 및 다른 세 명의 형제들을 상징하는 것이라며 이 위성들에 '시데라 메디치Sidera Medicea, 메디치의 별'라는 이름을 붙였다.

갈릴레이의 행동 이면에는 메디치 가의 환심을 사서 연구 활동을 후원받으려는 의도가 숨어 있었다. 그 후 메디치 가는 가문의 휘장을 새로 만들어 코시모 2세에게 바쳤는데, 휘장에는 하늘의 신인 주피터제우스가 구름 위에 앉아 있고 네 개의 별이 그를 둘러싼 모양이 새겨져 있었다. 바로 코시모 2세와 모든 별들과의 관계를 상징하는 것이었다.

결국, 목성의 위성을 발견한 그 해, 코시모 2세는 갈릴레이를 궁정 철학자와 수학자로 임명하고 매달 넉넉한 보수를 지급하기로 약속했다. 갈릴레이의 계획이 적중한 셈이었다. 그때부터 갈릴레이는 후원자를 찾기 위해 동분서주할 필요 없이 연구에만 전념하면서, 과학자로서 최고의 전성기를 누릴 수 있었다.

생존은 일종의 교환이다. 다시 말해, 다른 사람이 필요로 하는 것을 주고 자신이 원하는 것을 얻는 거래와 마찬가지다. 지혜로운 사람들은 영광을 남에게 돌려 그 대가로 부를 축적하곤 한다.

서머싯 몸

003

구혼 광고를 이용해 책을 팔다

서머싯 몸은 영국의 저명한 작가로 『인생의 굴레』, 『달과 6펜스』 등 유명한 장편소설을 썼으며, 그가 남긴 단편소설은 세계 문단에 지대한 영향을 미쳤다.

그런데 이런 위대한 작가가 유명해지기 전에는 생계가 어려워 배를 곯아가며 글을 썼다는 사실을 아는 사람은 많지 않을 것이다.

무명작가로 굶기를 밥 먹듯이 하던 몸이 하루는 신문사 광고부를 찾아갔다. 그는 광고부 부장을 불러 더듬거리며 말했다.

"선생님, 절 좀 도와주십시오. 아무리 생각해도 제 소설을 홍보할 수 있는 방법은 신문에 광고를 내는 것밖에 없습니다. 각 대형 신문에 광고를 실을 수 있도록 도와주십시오."

"각 대형 신문이라고요?"

광고부 부장이 눈을 휘둥그레 뜨며 물었다.

"몸 선생, 광고를 실을 비용은 있소?"

"물론입니다. 이 광고가 나가면 제 책이 날개 돋친 듯 팔려나갈 것입니다. 광고비는 후불로 드릴 테니 우선 광고를 실어주세요. 책이 팔리면 두 배로 갚아드리겠습니다."

몸의 말투에서 자신감이 묻어났다. 몸이 황당해하는 부장에게 광고 문안을 내밀자 그것을 훑어본 부장은 테이블을 탁 치며 말했다.

"좋소! 아주 좋은 아이디어요. 내 기꺼이 도우리다."

이튿날 각 유력 일간지에 사람들의 눈을 잡아끄는 구혼 광고가 실렸다. 광고 문구는 이랬다.

"저는 음악과 운동을 좋아하는 젊고 교양 있는 백만장자입니다. 몸 소설의 여주인공과 똑같은 여성과 결혼하기를 원합니다."

이 광고가 나가자 수많은 여성들이 몸의 소설을 사서 읽으며, 소설 속의 여주인공과 비슷해지기 위해 노력했다. 물론 여성들만 이 책을 산 것은 아니었다. 남성들 역시 여성의 심리를 연구해, 여자친구나 애인이 백만장자의 품으로 도망가는 것을 예방하는 차원에서 이 책을 탐독했다. 과연 불과 며칠 만에 몸의 소설은 완전히 동이 났고, 몸은 일약 유명 작가로 떠오를 수 있었다. 그의 생활이 경제적으로 윤택해진 것은 물론이었다.

남들이 관심을 갖는 것이 바로 그들이 필요로 하는 것이다. 나에게 관심을 가져달라고 강요할 수는 없다. 그러나 남들이 관심을 갖는 무언가로 나 자신을 장식할 수는 있다.

004 티파니

버려진 전선으로 기념품을 만들어 팔다

미국에서의 일이다. 오래전부터 대서양 깊은 곳에 묻혀 있던 해저케이블이 낡아 새로 교체를 해야 했다. 이 작은 소식은 사람들 사이에서 여느 평범한 소문들과 함께 입에서 입으로 전해졌지만, 여기에 특별히 주의를 기울이는 사람은 아무도 없었다. 그런데 작은 보석상을 운영하고 있는 한 남자가 그 소식을 듣더니 서둘러 미국 전기통신회사를 찾아갔다. 그 낡은 케이블을 사들이겠다는 것이었다.

주변 사람들은 모두 그의 행동을 이해하지 못했다. 혹자는 그의 정신이 이상해진 것이 틀림없다고도 했다. 의혹과 조롱이 섞인 눈길들이 그를 에워쌌다. 하지만 그는 남들의 시선에 아랑곳하지 않고, 당장 보석상 문을 닫아걸었다. 그러고는 케이블을 깨끗이 닦고 구부러진 곳을 곧게 편 다음, 짧게 잘랐다. 얼마 후, 낡아빠진 케이블 조각들은 그럴듯한 기념품으로 재탄생하였다. 기념품이 출시되었고, 사람들은 대서양 아래 묻혀 있던 케이블이라는 말에 너도나도 주머니를 털었다. 이 일로 그는 너무도 쉽게 거액의 돈을 벌 수 있었다.

얼마 후 그는 나폴레옹 3세의 부인인 유제니 황후의 다이아몬드를 사들였다. 옅은 상아색을 띠며 영롱하게 반짝이는 이 다이아몬드는 세계적으로 손꼽히는 희귀한 보석이었다. 사람들의 관심은 온통 그가 이 보석을 개인 소장할 것인지, 아니면 더 비싼 값에 팔 것인지에 쏠렸다. 물론 유능한 장사꾼이었던 그의 선택은 후자 쪽이었다. 그는 보석전시회를 열기로 하고 차근차근 준비했다. 보석전시회를 여는 목적은 두말할 나위도 없이 황후의 다이아몬드를 사람들에게 보여주고 홍보하기 위해서였다.

그의 예상대로 보석전시회는 연일 문전성시를 이루었다. 황후의 다이아몬드를 구경하려는 사람들이 세계 각지에서 몰려들었다. 그의 장사는 이번에도 역시 대성공이었고, 그는 가만히 앉아서 매일 쏟아져 들어오는 돈을 챙기기만 하면 그만이었다.

이 사람이 바로 방앗간 집 아들로 태어나 세계적인 보석 브랜드 '티파니'를 세운 찰스 루이스 티파니다.

운명을 바꾸는 기회는 누구에게나 찾아오지만, 모두가 손에 넣을 수 있는 것은 아니다. 기회를 알아볼 능력이 없는 사람들은 기회가 저절로 굴러 들어와도 제 발로 차 버린다. 성공하는 사람은 다른 사람의 눈에 띄지 않는 절호의 기회를 정확하게 포착하고, 그것을 성공의 발판으로 삼는다.

005 나폴레옹

알프스 산을 넘다

"이 길로 가면 산을 넘을 수 있겠나?"

나폴레옹이 부하들에게 물었다. 이들은 험하기 이를 데 없는 알프스의 생 베르나르 고개를 넘을 방도를 찾으라는 밀명 아래 사전 답사를 다녀온 사람들이었다.

"아마…… 가능할 것…… 가능성을 완전히 배제할 수는 없습니다."

부하들은 나폴레옹과 눈도 제대로 마주치지 못한 채 우물거렸다.

"그럼 전진하세!"

키 작은 나폴레옹이 단호한 어조로 말했다. 방금 전 부하들의 대답에서 충분히 느낄 수 있었던 말 틈새의 의미, 즉 고개를 넘는 일이 매우 힘들 것이라는 사실 따위에는 전혀 관심이 없는 듯했다.

나폴레옹이 알프스 산맥을 넘으려 한다는 소식을 접한 영국과 오스트리아의 군대는 소리 없는 경멸로 냉소했다. 그곳은 지금까지 그 어떤 수레도 넘은 적이 없고, 또 넘는 것이 절대 불가능해 보이는 신성불가침의 산이 아니던가. 게다가 나폴레옹은 7만에 달하는 병사를 이끌고, 육중한 대포에서부터 몇 톤은 족히 나갈 듯한 포탄과 무기, 그 밖에 수많은 전쟁 물자까지 운반하고 있었다.

하지만 얼마 후, 제노바에서 나폴레옹의 최측근인 마세나 장군을 완전히 포위함으로써 승리가 눈앞에 다가왔다고 확신하던 오스트리아 병사들은 갑작스럽게 나폴레옹 군대가 들이닥치자 반격할 엄두도 내지 못하고 속수무책으로 당할 수밖에 없었다. 나폴레옹은 이전에 알프스를 넘으려던 다른 도전자들과는 달랐다. 그는 범접할 수 없는 산의 높이에 압도당해, 지레 오금이 저려 포기하는 우를 범하지 않았던 것이다. 나폴레옹의 사전에 정말로 불가능이란 없었다.

역사적으로 수없이 많은 지휘관들이 나폴레옹 못지않은, 아니 어쩌면 그보다 더 막강한 장비와 산행에 능한 병사들을 거느리고 있었지만, 알프스를 넘는 데는 성공하지 못했다. 이유는 단 한 가지, 바로 끈기와 용기가 부족했기 때문이다. 나폴레옹은 어려움 앞에서도 절대 뒤로 물러서지 않았다. 그것이 누구도 이겨낼 수 없을 듯한 극심한 어려움이라 해도 말이다. 그는 앞으로 나아가야 했기 때문에 스스로 기회를 만들었고, 그 기회를 단단히 잡은 뒤 놓지 않았던 것이다.

많은 사람들이 '불가능하다'고 여기던 일이 실현되면, 어떤 사람들은 자기도 이미 오래전에 성공할 수 있었다는 둥, 자신에게는 극복할 수 없는 커다란 어려움이 있었다는 둥 트집을 잡곤 한다. 하지만 이는 어려움 앞에서 뒤로 물러섰던 자신의 행동을 정당화하려는 궁색한 변명에 지나지 않는다.

006 카네기

명예로 이익을 얻다

카네기는 미국의 철강 산업을 발전시킨 장본인으로, 철강왕이라는 별칭을 가지고 있다. 그가 사업에 성공할 수 있었던 요인에는 여러 가지가 있지만, 그중에서도 가장 중요한 것은 바로 평온한 마음가짐을 유지하고 명예에 연연하지 않았던 그의 성격이다.

카네기는 어려서 겪은 한 사건을 계기로 명예를 남에게 양보하는 것이 자신에게도 득이 된다는 사실을 깨달았다.

어린 시절, 그는 새끼를 밴 암토끼 한 마리를 얻게 되었다. 토끼를 키운 지 얼마 되지 않아 새끼 토끼들이 태어났다. 그런데 토끼들에게 줄 먹이를 살 돈도 없고, 직접 산으로 먹이를 구하러 갈 시간도 없었던 카네기는 궁리 끝에 좋은 아이디어를 생각해냈다. 이웃 아이들에게 새끼 토끼에게 줄 먹이를 가져오면 그 아이의 이름을 따서 새끼 토끼의 이름을 지어주겠다는 것이었다. 결과는 대성공이었다. 마을 아이들은 귀여운 토끼에게 서로 자신의 이름을 붙여주기 위해 들판을 누비며 여린 채소 잎을 따왔고, 카네기는 손쉽게 토끼들을 키우면서 덤으로 친구들과의 우정도 돈독히 할 수 있었다.

훗날 철강 기업을 경영하게 된 카네기는 기업 경영에서도 이 방법을 적극 활용했다. 펜실베이니아 주 정부가 철도 건설 사업을 추진하자, 철로 생산권을 독점하고 싶었던 카네기는 새로 건설한 제련 공장에 펜실베이니아 철도회사 사장의 이름을 딴 명칭을 붙였다. 이 방법은 이번에도 탁월한 효과를 발휘했다. 펜실베이니아 철도회사의 사장은 아무런 조건도 없이 카네기의 회사로부터 철로를 구매하기로 결정했던 것이다. 카네기는 단 1달러도 들이지 않고 거액의 계약을 따냈고, 이 계약 건을 계기로 회사는 날로 발전하였다.

세계적인 유명인사가 된 후에도 카네기는 남에게 명예를 돌리는 데 결코 인색하지 않았다.

한번은 젊은 기자가 그를 인터뷰하면서 극찬했다.

"당신은 세계에서 가장 위대한 제련 전문가입니다."

그러자 카네기가 겸손한 말투로 말했다.

"과찬입니다. 우리 회사에서만 보더라도 저보다 제련에 대해 많이 알고 있는 사람이 이백 명은 족히 넘을 것입니다. 그런데 어떻게 저를 세계에서 가장 위대한 전문가라고 할 수 있겠습니까?"

기자가 고개를 갸우뚱거리며 말했다.

"하지만 그들은 모두 당신의 지시를 받는 부하직원들이 아닙니까?"

"그렇다고 해서 제가 그들보다 낫다고는 할 수 없습니다. 그들 모두가 저마다 장점을 가지고 있고, 전 그저 그들이 지식과 장점을 최대한 발휘할 수 있도록 해줄 뿐이죠."

젊은 기자는 카네기 회사의 전문가들과 인터뷰를 시도했고, 그들은 이렇게 말했다.

"저는 이 회사에 수십 년째 몸담고 있습니다. 지난 수십 년간 작은 성과를 올릴 때마다 카네기 사장님은 저를 높이 평가하며, 승진과 함께 후한 상여금을 주셨습니다. 제가 지금까지 마음 편히 일하며 만족스런 성과를 거둘 수 있었던 것은 모두 사장님 덕분입니다."

"다른 회사에서 일할 때만 해도 사장이나 관리자들이 스스로 최고의 전문가라는 자만에 빠져 있었지요. 실제 실력은 저보다 나을 것이 없었지만, 그들은 언제나 '최고'라는 말로 자신의 지위를 수식했습니다. 그런데 이 회사는 달랐습니다. 사장님은 저보다 훨씬 나은 지식과 실력을 지니고 있으면서도 자신을 '최고'라고 하지 않습니다. 그래서 함께 일하는 것이 훨씬 편합니다."

"저는 입사한 지 얼마 되지 않은 신입사원입니다. 사장님은 직원들이 서로 겸손하게 대하고 협력하는 분위기를 만드는 데 탁월한 재주를 지니고 계십니다. 이런 분위기에서는 동료들과의 인간관계에 불필요한 신경을 쓰지 않고 일에만 전념할 수 있지요."

기자는 인터뷰를 끝낸 후, 카네기의 겸손과 성공비결에 대해 소개하는 장문의 기사를 쓰고, 맨 마지막에 이런 글을 덧붙였다.

"남들은 자신이 최고의 기업가라고 자만하며, 함께 일하는 파트너들이 범접할 수 없도록 선을 긋고 있을 때, 또 대부분의 사람들이 허울뿐인 명성을 둘러싸고 한 치의 양보도 없이 경쟁하고 있을 때, 그때가 바로 겸손한 사람들이 승리를 거둘 수 있는 좋은 기회가 아닐까 싶다."

명예와 이익을 동시에 거머쥐는 것은 물론 좋은 일이며, 많은 사람들이 오매불망 바라는 일이다. 하지만 본질을 파헤쳐보면, 명예는 헛된 것이요, 이익이 비로소 실질적인 것이다. 지혜로운 사람은 늘 명예를 양보하고 이익을 택하며, 때로는 아주 작은 명예를 양보하는 것만으로 막대한 이익을 얻곤 한다.

007

피에르 카르뎅

나는 반드시 백만장자가 될 것이다

비가 추적추적 내리던 1949년의 어느 날, 파리의 한 술집에서 한 청년이 혼자 술을 마시고 있었다.

이탈리아 베니스의 유복한 상인 가정에서 태어난 그는 별다른 일만 없었다면 행복한 삶을 살 수 있었을 테지만, 제1차 세계대전이 발발하면서 그의 인생은 완전히 바뀌었다. 전쟁으로 부친의 사업이 망하자 그의 가족은 프랑스로 이주했다. 하지만 아버지는 사업에 재기하지 못했고, 어머니도 생계를 꾸려갈 능력이 없었다. 때문에 온 가족을 부양할 책임이 어린 그의 어깨에 지워졌다.

그는 적십자사에서 잡일을 하다가, 성실함과 똑똑함을 인정받아 운 좋게 회계직원으로 채용되었지만, 월급은 많은 가족들을 부양하기에는 여전히 턱없이 모자랐다.

심지어 그는 변변한 옷을 살 돈이 없어 직접 옷을 지어 입어야 했다.

다행히도 옷을 재단하고 만드는 데 흥미가 있어서인지 그가 만든 옷은 제법 그럴듯했다.

어느 날 그는 홀로 술집에 앉아 잔을 기울이며, 마음속으로 질문을 던졌다.

'앞날을 어떻게 개척해야 할까? 이렇게 번화하고 큰 도시에 정말로 나에게 돌아올 기회가 단 하나도 없는 것일까?'

그런데 바로 그때 화려하게 차려입은 한 백작 부인이 청년에게 말을 건넸다.

"지금 입고 있는 옷은 어디서 산 거지? 아주 멋지군."

"제가 직접 만든 것입니다."

"이걸 직접 만들었다고?"

백작 부인은 놀랍다는 표정으로 말했다.

"계속 노력해봐. 자넨 앞으로 백만장자가 될 수 있을 거야."

'내 옷이 멋지다고? 내가 백만장자가 될 수 있다고?'

청년은 갑자기 자신의 마음을 뒤덮고 있던 먹구름을 뚫고 한 줄기 빛이 비치는 것을 느꼈다. 지금까지 누구도 자신을 그렇게 평가해준 적이 없었다. 게다가 낯모르는 귀부인으로부터 그런 말을 듣다니.

그때부터 그는 옷을 만들어 백만장자가 될 수 있다고 믿었고, 1950년에는 드디어 자신의 의류점을 열었다. 비록 누추하기는 했지만 처음으로 자신의 이름을 걸고 개업한 상점이었다. 그는 바로 그해에 <미녀와 야수>라는 유명한 영화에서 의상을 제작했고, 내친김에 첫 번째 패션쇼까지 열었다.

그 후 사업이 빠르게 성장하면서 청년은 자신의 목표를 향해 꾸준히

한 걸음씩 나아갔다.

1974년 12월, 미국 『타임』지는 표지에 그의 사진을 싣고, 그를 '금세기 유럽 최고의 디자이너'라고 극찬했다.

그가 바로 피에르 카르뎅이다.

프랑스 문명사를 통틀어 가장 명성 높은 것으로 에펠탑과 드골 대통령, 맥심 레스토랑, 그리고 피에르 카르뎅 브랜드를 꼽곤 하는데, 뒤의 두 가지가 모두 피에르 카르뎅의 소유다.

피에르 카르뎅은 백만장자가 되고 싶다던 목표를 초과 달성했다. 그는 현재 세계 80여 개국 600여 개의 공장에서 '피에르 카르뎅'의 상표를 단 의류와 '맥심'의 상표를 단 각종 상품을 생산하고 있으며, 5천여 개의 매장을 보유하고, 매년 1억 프랑이 넘는 매출액을 올리고 있다.

남들에게 인정받는 것은 매우 중요한 일이다. 하지만 더욱 중요한 점은 자기 스스로를 인정하는 것이다. 스스로를 인정하는 사람만이 자신의 목표를 실현하기 위해 매진할 수 있다.

008

비스마르크

진정한 생각은 숨긴다

비스마르크는 서른다섯 살에 프로이센 의회의 대의원으로 선출되었는데, 이것이 바로 그의 정치 인생의 전환점이었다.

당시 독일의 남부 국경에 맞닿아 있던 강대국 오스트리아는 독일에게 매우 위협적인 존재였는데, 독일이 통일을 시도할 경우 곧장 군대를 일으켜 공격할 것이라고 으름장을 놓았다. 독일 의회 의원들 사이에서는 오스트리아를 선제공격해야 한다는 의견이 빗발쳤다.

비스마르크는 프로이센을 강대국으로 만드는 데 자신의 일생을 걸었다고 해도 과언이 아닐 정도로 불타는 애국심을 가지고 있었다. 군사가이자 정치가인 그는 오스트리아를 제패하고 독일을 통일하겠다는 야심에 가득 차 있었다.

"오늘날 독일이 직면한 문제들은 의회의 다수결이나 연설에 의해서가 아니라 오직 철과 피에 의해서만 해결될 수 있다"라는 그가 남긴 유명한 격언에서도 그의 애국심과 의지를 충분히 짐작할 수 있다.

그런데 '철혈재상'이라고 불리며 전쟁을 옹호했던 그가 당시 이 전쟁을 반대하고 화의를 주장했다면 과연 믿을 수 있겠는가. 사실 이것은 그의 진정한 의도가 아니었다. 독일 통일은 여전히 꿈속에서도 결코 포기할 수 없는 그의 열망이었다.

하지만 그는 의원들 앞에서 "전쟁의 해악성에 대한 철저한 인식도 없이 전쟁을 위한 전쟁을 일으키려는 정치가는 스스로 목숨을 끊으시오! 당신들은 전쟁이 끝난 후 잿더미로 변해버린 농토 앞에서 가슴이 찢어질 농민들을 책임질 만한 용기가 있소? 전쟁 중에 부상을 당해 장애인이 된 사람들과 피붙이와 생이별한 이산가족들을 보며 참아낼 수 있는 용기가 있소?"라고 역설했다.

의회에서 그는 오히려 오스트리아를 극찬하며 오스트리아의 행동을 옹호했다. 이런 행동은 그동안 그가 일관되게 주장해오던 입장과 완전히 상반된 것이었다. 이 과정에서 전쟁을 주장하며 강경한 입장을 보이던 의원들 가운데 적지 않은 수가 비스마르크의 설득에 넘어가 입장을 바꾸었고, 결국 비스마르크의 의도대로 전쟁을 피해갈 수 있었다.

하지만 비스마르크가 이 전쟁을 반대한 데에는 또 다른 의도가 숨어 있었다. 몇 주 후, 프로이센 국왕은 평화를 주장해 나라의 안정을 지킨 비스마르크의 공을 높이 사 그를 내각 대신으로 임명하기에 이르렀다. 이쯤 되면 비스마르크의 진정한 의도를 짐작할 수 있을 것이다.

몇 년 후, 비스마르크는 마침내 프로이센의 수상 자리에 올랐다. 수상이 되자마자 그가 제일 먼저 한 일은 바로 오스트리아에 선전포고를 하고, 독일을 통일하는 것이었다.

자신의 힘이 약할 때 내면의 진정한 의도를 그대로 드러내면 상대에게 너무 쉽게 공격을 당하고 무참히 패배하게 된다. 아직 힘을 완전히 기르지 못했다고 판단된다면, 자신의 의도를 숨겨 경쟁자들이 경계심을 늦추게 하고, 그 사이에 재빨리 힘을 길러 자신이 진정으로 의도하는 바를 실현해야 한다.

009

키신저

기회주의자가 되자

1968년, 미국 공화당 대통령 후보 지명 경선에서 키신저가 후보인 닉슨의 선거단에 전화를 걸어 한 가지 제안을 했다. 매우 중요한 내부 정보를 제공하겠다는 것이었다. 닉슨 진영은 갑자기 굴러들어온 행운에 기뻐하며 흔쾌히 그 제안을 받아들였다.

선거 결과 대통령 후보로 닉슨이 당선되었는데, 당시 후보 중 하나였던 록펠러는 키신저와 오래전부터 두터운 친분을 다져온 친구였다.

그 후 열린 대통령 선거에서 키신저는 민주당 지명 후보인 험프리에게도 똑같은 제안을 했다. 험프리는 닉슨 진영의 내부 정보를 제공해달라고 요구했고, 키신저는 험프리의 요구대로 닉슨 진영의 모든 선거 전략을 험프리에게 넘겼다.

키신저의 진정한 의도는 무엇이었을까? 그는 정보를 제공한 대가로 내각으로의 진출을 원했다. 닉슨과 험프리가 모두 정보 제공의 대가로 그의 요구를 들어주겠노라 승낙했으므로, 누가 대통령이 되든 그는 원하는 것을 얻을 수 있었다.

선거의 최종 승리자는 닉슨이었고, 키신저는 국가 안보 담당 보좌관으로 임명되었다. 하지만 그는 여전히 조심스럽게 닉슨과 일정한 거리를 유지했다.

훗날 포드가 대통령으로 당선되었을 때에도 닉슨과 친밀했던 사람들은 모두 정계에서 물러나야 했지만, 키신저만은 또다시 관직에 임명되었다. 닉슨과 적당한 거리를 유지한 덕분에 운 좋게 낙마를 모면하고, 계속 정계에서 강력한 영향력을 행사할 수 있었던 것이다.

한쪽에만 고집스럽게 몸담고 충성하는 사람들은 처한 상황에 따라 요리조리 몸을 피하며 일신의 영달을 꾀하는 사람들을 냉소하고 경멸한다. 하지만 결과적으로는 기회주의적인 사람들이 훨씬 큰 성공을 거두곤 한다. 그렇다면 기회주의적인 행동 역시 일종의 생존 전략이라고 할 수 있지 않을까? 한쪽으로 치우치지 않고 사방으로 넓게 그늘을 만들어주는 무성한 나무처럼 행동한다면 자신의 이익을 보호하는 것은 물론, 기회주의자라는 오명도 피할 수 있을 것이다.

010 콜럼버스

의지로 운명을 개척한다

어린 시절 콜럼버스는 지구가 둥글다는 말을 믿고 지구를 탐험해보겠다는 이상을 품게 되었다. 1492년, 그는 포르투갈의 한 해변에서 두 구의 시체가 떠밀려온 것을 발견했는데, 죽은 이들이 생김새가 그동안 자신이 보아왔던 사람들과는 사뭇 달랐다. 콜럼버스는 유럽인이 아닌 듯한 이 사람들을 '지구 서편의 사람'이라고 명명하고 이를 토대로 계획을 세웠다. 그리고 포르투갈 국왕을 찾아가 자신의 계획을 설명했다. 배를 타고 계속 서쪽으로 가다보면 아주 먼 곳에서 신대륙을 발견할 수 있을 것이라며, 자신의 탐험을 지원해달라는 요청이었다. 하지만 포르투갈 국왕은 그의 요구를 귀담아들으려 하지 않았다.

그가 자신의 꿈을 실현하기 위해 두 번째로 찾아간 곳은 스페인 왕실이었다. 그는 자신의 원대한 포부를 설명하며, 스페인 국왕을 설득했지만 역시 뜻대로 되지 않았다. 두 차례나 실패했지만 콜럼버스는 포기하지 않고, 자신을 지원해줄 수 있는 사람을 찾기 위해 노력했다. 하지만 그때마다 번번이 벽에 부딪혔다. 오랫동안 이 일에만 매달리느라 가진 돈을 모두 탕진했고, 가정을 돌보지 못해 아내마저 그를 떠났으며, 친구들은 그를 정신병자라고 불렀다. 하지만 그런 상황에서도 그는 사람들에게 그림과 지도 등을 그려주는 일로 근근이 생계를 이어가며, 자신의 이상을 실현하기 위한 준비를 게을리 하지 않았다.

기다리는 자에게 복이 온다고 했던가. 마침내 그에게 기회가 왔다. 콜럼버스의 한 친구가 스페인 황후를 설득해 콜럼버스의 탐험에 금전적인 지원을 해주겠다는 약속을 받아낸 것이었다. 황후로서는 콜럼버스가 신대륙을 발견한다면 그를 후원한 자신에게 큰 영광이 돌아올 것이고, 설령 실패한다 해도 푼돈 정도만 손해 보면 그만이었기 때문에 시도해볼 만한 일이었다.

그러나 자금 지원만으로 일이 끝난 것은 아니었다. 이번에는 탐험에 동행하려는 선원들을 구할 수 없다는 게 문제였다. 결국 스페인 국왕과 황후는 선원들에게 강제로 승선할 것을 명령했다. 하지만 출항하기 사흘 전, 배에 있는 키가 부서졌다. 선원들은 항해의 불길한 징조라며 술렁이기 시작했다. 콜럼버스는 선원들에게 신대륙에 가면 황금이 돌멩이처럼 바닥에 널려 있을 것이라며, 자신이 상상하고 있는 신대륙의 모습을 이야기해줌으로써, 가까스로 그들이 동요하는 것을 막았다.

드디어 콜럼버스가 그토록 염원하던 항해가 시작되었다. 하지만 항해 역시 그리 순탄하지는 않았다. 배가 버뮤다 해역을 건너던 중 거대한 풍랑을 만난 것이었다. 거센 폭풍우 속에서 콜럼버스는 거의 절망의 나락으로 떨어질 뻔했다. 하지만 그는 목표를 위해 마음을 다잡고, 엄

습해오는 두려움을 강인한 의지력으로 떨쳐냈다. 위기에 처했을 때 그가 보여준 침착과 용기는 그를 따르던 선원들에게 신뢰감을 심어주었고, 모두가 힘을 합친 결과 수많은 위기를 넘길 수 있었다. 그리고 그들은 마침내 아메리카 대륙에 스페인의 국기를 꽂을 수 있었다.

성공을 거머쥐기 위해서는 수많은 요건들이 필요하며, 자신을 도와줄 수 있는 사람을 찾는 것도 그중 하나다. 하지만 자신에게 가장 힘이 되는 존재는 바로 자신이라는 사실을 명심해야 한다. 대부분의 경우 사람들이 실패하는 가장 큰 이유는 바로 의지력이 부족해 너무 일찍 포기해버린다는 점이다.

011 앨런 레인

소프트 커버의 책을 내놓다

영국에 펭귄을 트레이드마크로 하는 '펭귄북스'라는 출판사가 있다. 이 출판사에서 출간하는 책은 늘 베스트셀러가 되고 해외 시장에서도 크게 호평을 받는다. 펭귄북스는 1935년 앨런 레인이라는 사람에 의해 설립되었다. 당시 앨런 레인은 갓 서른이 된 야심만만한 젊은이였는데, 창업을 결심할 무렵, 그의 은행잔고는 단돈 100파운드뿐이었다. 어떻게 100파운드로 창업을 할 수 있었을까?

어느 날 앨런은 친구를 만나기 위해 지방에 가게 되었다. 친구와 작별을 하고 런던으로 돌아가려던 차에 그는 긴 기차여행의 무료함을 달랠 만한 책을 한 권 사기 위해 서점에 갔다. 당시 유럽의 책들은 모두 가죽으로 표지를 싼 양장본이었기 때문에 가격이 매우 비쌌다. 단순히 심심풀이로 읽기 위해 책을 사기에는 너무 아깝다는 생각이 들자 그는 발걸음을 돌려 서점을 나서려고 했다. 그런데 무심코 서점을 둘러보니 자신과 같은 사람들이 적지 않은 것 같았다. 그의 바로 옆에서 책을 고르던 사람도 "난 책 속의 내용을 읽으려는 것이지, 양가죽으로 된 고급 표지를 보려는 것은 아닌데 말이야"라고 중얼거렸기 때문이다.

갑자기 앨런 레인의 머릿속에 퍼뜩 떠오르는 생각이 있었으니, 표지에 들어가는 원가를 줄여 값 싸고 재미있는 책을 만들면 어떨까, 하는 것이었다. 그러면 가격이 내려가니 훨씬 더 많은 사람들이 책을 살 수 있을 듯했다.

집으로 돌아온 그는 100파운드를 자본금으로 소프트 커버의 책을 출판하기로 하고 구체적인 사업 계획에 착수했다. 그의 계획을 들은 사람들은 대부분 냉담한 반응을 보였지만, 그는 자신의 믿음을 쉽게 포기하지 않았다. 그는 책 표지만 간소하게 할 뿐 내용은 결코 양장본에 뒤질 수 없다는 원칙 아래 헤밍웨이 등 유명한 작가들의 소설이 포함된 소프트 커버의 문고판을 출간하기로 했다.

그렇게 해서 세계 최초로 소프트 커버의 책이 탄생했다. 기존 양장본의 12분의 1에 불과한 가격으로 우수한 작품을 읽을 수 있다는 사실이 독자들에게 큰 매력으로 다가갔고, 책들은 날개 돋친 듯 팔려나갔다.

이제 앨런 레인은 책 표지에 넣을 상표를 디자인하기 시작했다. 처음에는 물개를 그려 넣었는데 실물과 너무 동떨어진 모습 때문이었는지 그다지 좋은 반응을 얻지 못했다. 앨런 역시 상표가 그다지 마음에 들지 않았다. 그때 그의 여비서가 아이디어를 내놓았다.

"물개보다는 펭귄이 더 귀엽고 신선하지 않을까요?"

앨런 레인은 여비서의 제안을 받아들여 젊은 직원에게 동물원에 가서 펭귄을 그려오라고 했다. 앨런은 그 직원이 그려온 펭귄을 마음에

쏙 들어 하며 그것을 상표로 삼기로 결정했다. 펭귄이 그려진 상표를 인쇄한 첫 100만 권의 책이 단 몇 개월 만에 완전히 매진되자, 앨런 레인은 계속 소프트 커버의 책을 출간했고, 오늘날 펭귄출판사는 세계적인 출판 그룹으로 성장하였다.

한 가지 상품으로 폭리를 취하려 하지 말고, 값싸고 질 좋은 제품으로 박리다매의 효과를 얻기 위해 노력하는 편이 낫다. 더욱 중요한 점은 당신의 상품을 사는 사람이 많아질수록 브랜드 지명도도 높아질 것이라는 사실이다.

류비셰프

012

시간을 잘 관리한다

위대한 인물이 있었다. 그는 쉰여섯 살의 나이로 세상을 떠나면서 70여 편의 주옥같은 학술서를 남겼고, 다양한 분야에 걸쳐 다수의 논문을 발표했다.

태어나자마자 책을 썼다고 해도 1년에 1.5권 꼴이니 그가 얼마나 저작에 몰두했는지 가히 짐작할 수 있다. 그는 책을 쓰는 것 외에도 많은 시간을 학문 연구에 쏟아 부었다.

이런 이야기를 들으면 대부분의 사람들은 그가 먹고 자는 생활도 잊고 일에만 전념하는 일벌레였을 거라고 확신할 것이다. 하지만 사실은 그렇지 않았다. 그는 매일 반드시 열 시간씩 수면을 취하고, 운동을 게을리 하지 않았으며, 사회활동에도 적극적으로 참여했다.

그는 어떻게 이런 생활을 유지할 수 있었을까?

비밀은 바로 시간 계획표에 있다. 그는 스물여섯 살이 되던 해부터 시간 계획표를 쓰기 시작했다. 매시간마다, 심지어는 매분마다 해야 할 일을 미리 기록하고, 시간을 합리적으로 사용했는지에 대해 매일, 매월, 그리고 매년 단위로 평가했다.

그는 세상을 떠나던 날까지도 이 일을 멈추지 않고 계속했다. 햇수로는 30년, 날수로 따지면 10,800일 동안 단 하루도 빠뜨리지 않았다. 그가 70여 편의 저서를 남길 수 있었던 것은 이와 같은 강인한 의지력 덕분이었다.

이 이야기의 주인공은 바로 구소련의 곤충학자인 류비셰프다.

시간은 결코 기다려주지 않는다. 시간은 그대로 지나가게 해버리면 아무런 가치도 없지만, 잘 이용하기만 하면 그 무엇보다 높은 가치를 창출할 수 있다. 성공한 사람들은 시간 관리에서 특출한 재능을 가지고 있는 경우가 많다.

빅터 프랭클

013

긍정적인 마음을 유지한다

빅터라는 심리학 박사가 있었다. 그는 독일의 나치 수용소에 오랫동안 갇혀 지냈다.

수용소에서는 인간적으로 참아내기 힘든 모욕을 견디지 못해 하루에도 수없이 많은 사람들이 미쳐갔다. 빅터도 스스로 감정을 억제하지 못하면 정신분열증에 걸릴 수 있겠다는 위기감을 느꼈다.

그래서 그는 비관적인 생각을 떨쳐버리기 위해, 자신이 지금 널찍하고 환한 강의실에 연설을 하러 가는 중이라고 상상하기 시작했다. 이런 생각을 할 때마다 그의 얼굴에는 잔잔한 미소가 떠올랐다. 그는 매일 기쁜 일들만 생각하고, 수용소 안에서 비참한 결말을 맞지 않을 것이라는 생각을 스스로에게 주입시켰다.

훗날 수용소에서 석방되었을 때, 그의 정신은 여전히 건강한 상태를 유지하고 있었다.

그의 친구는 지옥 같은 수용소에서 그렇게 양호한 정신 상태를 유지했다는 것은 정말 믿기 힘든 일이라고 회고했다.

마음가짐이 성공을 결정한다. 성공한 사람들은 아무리 열악한 상황에서도 양호한 정신 상태를 유지할 수 있는 탁월한 재능을 가지고 있다.

014

이사도라 던컨

목표를 포기하지 않는다

이사도라 던컨은 그리 많지 않은 나이에 기존의 무용과는 전혀 다른 새로운 무용 체계를 창조해냈다. 그녀의 춤은 당시 무대에서 최고의 경지로 숭상되던 발레와는 완전히 다른 것이었다. 그 시절에는 많은 부모들이 아이를 발레 학교에 보냈는데, 던컨의 어머니 역시 딸이 장래에 유명한 발레리나가 되기를 바라며 그녀를 유명한 발레 선생님에게 보냈다.

발레 선생님이 던컨에게 발끝으로 서서 걸어보라고 시키자 던컨이 물었다.

"왜 그렇게 걸어야 하죠?"

"그래야 아름다움을 표현할 수 있기 때문이란다."

하지만 어린 나이에도 그것이 자연스럽지 않다고 생각한 던컨은 며칠 지나지 않아 발레를 그만두고, 자신만의 길을 찾기로 결심한다.

몇 년 후, 던컨의 어머니는 그녀를 데리고 시카고로 갔다. 여러 극단의 단장들은 그녀의 춤을 보고 높이 평가하면서도 공연에는 어울리지 않는다는 반응을 보였다. 던컨은 너무 굶주려 더이상 걸을 기력도 없는 어머니에게 빵을 사다드리기 위해 어쩔 수 없이 세상과 타협하고 무대에 올랐다. 술집에서 지배인이 시키는 대로 캉캉 비슷한 춤을 추었던 것이다. 하지만 이것은 그녀의 처음이자 마지막 공연이었다. 그녀에게는 자신만의 목표가 있었기 때문이다.

훗날 던컨과 어머니는 런던으로 건너갔고, 운 좋게도 그곳에서 유명한 성악가인 캠벨 부인을 만나게 되었다. 캠벨 부인은 한눈에 던컨의 재능을 알아보고 그녀가 시도하는 새로운 무용을 높이 평가했다. 캠벨 부인은 영국 예술계에서 그녀가 재능을 마음껏 발휘할 수 있도록 아낌없는 도움을 주었다. 이에 힘입어 던컨은 파리와 베니스, 베를린 등에서 뜨거운 갈채를 받으며 공연했고, 그녀의 공연을 본 관객들은 흥분을 감추지 못했다. 사람들은 그녀를 '세계에서 가장 위대한 여성'이라고 평가를 내리는 데에 주저하지 않았다.

마침내 그녀가 창시한 자유로운 현대무용이 세계적으로 인정받게 된 것이다.

어쩌면 남을 모방하고, 남이 갔던 길을 따라가는 방법이 남들에게 인정받을 수 있는 가장 빠른 길일 수도 있다. 하지만 그러다 보면 기존의 것을 초월할 수 없으며, 심지어는 영원히 남다른 두각을 나타낼 수 없게 된다. 가치 있는 무언가를 창조할 때에는 수많은 장벽에 부딪치게 되지만, 일단 안목 있는 사람의 눈에 띄어 인정받기만 하면 시대를 앞선 선구자이자 창시자로 길이 남을 수 있다.

015

모건

신용을 중시한다

1835년 모건은 '에트나 화재'라는 작은 보험회사의 주주가 되었다. 이 회사는 당장 현금을 내놓지 않아도, 명부에 서명만 하면 곧바로 주주가 될 수 있었기 때문이다. 돈을 벌고는 싶었지만 수중에 현금이 없던 모건에게는 절호의 기회였다.

모건이 주주가 된 지 얼마 되지 않아 에트나 화재의 한 가입자가 화재가 발생했다며 보험금을 청구했다. 그런데 청구한 액수가 너무도 커 규정대로 고객에게 보험금을 지급한다면 회사는 곧 파산할 것이 분명했다.

이 소식이 전해지자 당황한 주주들은 앞 다투어 지분을 매각하기 시작했다. 물론 모건도 처음에는 자신의 주식을 처분할 생각이었다. 하지만 심사숙고한 끝에 돈보다 신의가 더 중요하다는 결론을 내렸고, 이곳저곳에서 자금을 모은 것은 물론 자신의 집까지 팔아 주주들이 매도

한 지분을 싼값에 인수했다. 뿐만 아니라 그는 화재를 당한 보험 가입자에게 약관에 명시된 대로 한 치의 오차 없이 보험금을 지급했다.

덕분에 지금까지 아는 사람이 많지 않았던 에트나 화재라는 이름이 순식간에 유명해졌다. 하지만 모건에게는 이제 남은 돈도 없었고, 그의 소유인 에트나 화재는 파산 직전으로 내몰렸다.

모건은 최후의 수단으로 광고를 냈는데, 에트나 화재보험에 가입하는 사람에게는 예외 없이 보험금을 두 배로 지급하겠다는 내용이었다.

그런데 광고가 나가자마자 사람들은 너도나도 에트나 보험에 가입하겠다고 몰려들기 시작했다. 모건 자신도 예상하지 못한 일이었다.

알고 보니 화재를 당한 보험 가입자에게 계약대로 거액의 보험금을 지급했던 일을 계기로 사람들 사이에서 에트나 화재가 신뢰할 수 있는 보험회사라는 인식이 뿌리내린 것이었다. 이로써 에트나 화재는 미국 유수의 대형 보험회사들보다도 대중들에게 더욱 신용을 얻게 되었다.

에트나 화재는 이를 계기로 재기할 수 있었고, 몇 년 후 모건은 미국 월가를 좌지우지하는 거물이 되었다. 이 사람이 바로 오늘날 모건 재벌의 창시자로 불리는 J.P. 모건의 할아버지다.

신용은 일종의 재산으로, 신용을 얻었다면 은행에 거액을 저축해둔 것과 다름없다. 신용을 중시하는 사람은 어떠한 어려움에 처하더라도 반드시 누군가로부터 도움을 받을 수 있다.

016

알렉산더

새로운 규칙을 만든다

고대 로마 시대, 한 예언가가 많은 사람들이 지나다니는 곳에 매듭을 하나 매어놓고, 이 매듭을 푸는 사람이 아시아의 통치자가 될 것이라고 예언했다.

그런데 이 매듭은 아주 이상하게 묶여 있어 수많은 사람들이 시도해 봤지만 푼 사람은 아직 아무도 없었다.

그런데 당시 마케도니아의 장군이었던 알렉산더가 군대를 이끌고 이 도시에 들렀다가 매듭에 얽힌 예언을 듣고는 자신이 매듭을 풀어보겠노라며 이곳을 찾아왔다.

하지만 어떻게 풀어보아도 매듭은 여전히 단단히 묶인 채 꼼짝도 하지 않았고, 할 수 있는 방법을 총동원했지만 모두 허사였다.

이렇게 몇 달이 지나자 알렉산더의 인내심도 완전히 바닥이 나버렸다. 화도 나고 조급해진 그는 급기야 허리춤에서 검을 빼어 들더니 "이런 매듭 따위, 다시는 보고 싶지 않다!"라고 소리치며 매듭을 향해 검을 내리쳤다. 결국 매듭은 그의 검날에 두 동강이 나며 풀어졌다.

누군가가 정해놓은 규칙만을 고수하며 나아가다 보면, 영원히 다른 사람들을 앞설 수 없다. 때로는 자신만의 규칙을 창조한 사람이 선두에 설 수 있다. 새로운 것을 창조하는 힘, 이것은 성공하고자 하는 사람들이 반드시 갖추어야 할 요건이다.

017

탈레랑 

적과 손을 잡다

1807년, 나폴레옹의 외무대신이었던 탈레랑은 이제 나폴레옹을 실각시킬 때가 무르익었다고 생각했다. 계획을 성사시키기 위해서는 파트너가 필요했고, 그래서 그가 선택한 이는 바로 자신이 가장 증오하던 숙적이자 비밀경찰의 총수인 조제프 푸셰였다.

탈레랑은 푸셰와 그 어떤 친분도 맺고 싶지 않았고, 또 그럴 가능성도 없었지만 푸셰와 손을 잡는다면 그는 자신의 능력을 증명해 보이기 위해 최선을 다하리라는 사실을 알고 있었다. 그는 푸셰와의 동맹이 오로지 서로의 이해관계에 의한 것일 뿐이며, 그 어떤 사적인 감정도 없다는 점을 분명히 인식하고 있었다. 하지만 사실 이 방법이 그 어떤 방식보다도 안전했다.

앙숙이었던 두 사람이 갑자기 한편이 되자, 주변에서는 그들의 주장에 큰 관심을 보였고, 나폴레옹에 반대하는 여론이 점점 힘을 얻기 시작했다. 그리고 그때부터 탈레랑과 푸셰는 최고의 동업자가 되어 공통의 목표를 위해 힘을 쏟기 시작했다.

적과 친구는 언제나 상대적인 것이다. 더 강력한 새로운 적이 출현하면 어제의 적도 오늘의 친구가 될 수 있고, 서로 적대시하던 두 사람 사이에 모종의 공통된 이익이 존재한다면 그 둘은 친구가 되어 이익을 위해 함께 노력할 수 있다. 현명한 사람은 적에게서 배우고, 지혜로운 사람은 적과 손을 잡는다.

018 미켈란젤로

거장의 불굴의 노력

미켈란젤로가 대리석상을 조각하고 있는 아틀리에에 한 친구가 놀러 와 완성 직전에 있는 작품을 감상하고는 돌아갔다.

그로부터 2개월 후, 그 친구는 다시 놀러 왔다가 경악했다. 미켈란젤로는 여전히 열심히 일하고 있었는데 정작 그의 조각상은 예전과 거의 달라진 것이 없었기 때문이다.

친구가 말했다.

"뭐야? 자네 두 달 동안 게으름을 피운 겐가?"

"게으름을 피우다니? 나는 두 달 동안 이 작업에만 매달려 있었다네."

미켈란젤로가 피곤에 지친 어두운 얼굴로 말을 이었다.

"저쪽에 손을 새기고, 이쪽은 다시 갈았으며, 이 부근의 얼굴 표정을 조금 부드럽게 하고, 또 이 부분의 근육을 탄력 있게 만들었다네. 그런데 아무리 해도 마음에 들지 않아. 그래서 입술 주위를 조금더 부드럽게 하고 이 다리가 더욱 힘차 보이도록 할 생각이네."

친구가 비웃듯 말했다.

"하지만 자네, 시간을 너무 끄는 것은 아닌가? 그렇게 사소한 것들에 집착해서 일을 진행시키지 못한다면 절대로 대작을 만들 수 없을 걸세."

그러자 미켈란젤로는 굳은 표정으로 대답했다.

"그럴지도 모르지. 하지만 나는 아무리 작은 것이라도 제대로 만들고 싶다네. 그리고 대작이란 세심한 주의를 기울이고 불굴의 노력을 해야만 비로소 완성되는 것이라고 굳게 믿고 있다네."

이 일화는 세계 미술계에 불후의 명작을 남긴 거장의 비밀을 이야기하고 있음과 동시에 우리들의 일상생활에도 날카롭게 시사하는 바가 있다. 그렇다. 일 자체에는 틀림없이 경중이 있다. 때문에 부여받은 일의 경중에 따라서 우리들은 자기 지위의 높고 낮음을 측정하려고 한다. 맡은 일이 크지 않으면 그것에 대해 불만을 품고 마치 보복이라도 하듯 그 일을 적당한 선에서 끝맺어버리려는 뻔뻔스러움을 가지고 있다. 적당히 해치우려는 마음을 떨쳐내면 부여받은 일은 부여받는 순간 경중과 상관없게 되며, 오직 완벽한 완성에 대한 밝은 길만이 넓게 열리게 될 것이다.

019

벨

성공은 0.5밀리미터 밖에 있다

미국의 발명가 벨이 전화기를 발명했다는 사실은 대부분의 사람들이 알고 있다. 하지만 벨보다 먼저 전화기를 발명했으면서도, 0.5밀리미터가 부족해 역사에 기록되지 못하고 잊힌 사람이 있다는 사실을 아는 사람은 매우 드물다.

이 불행한 인물이 바로 독일의 과학자 필립 라이스다. 라이스는 벨보다 먼저 소리를 전달할 수 있는 장치, 즉 최초의 전화기를 발명했다. 하지만 안타깝게도 그의 전화기는 음악은 전달할 수 있었으나 말소리를 전달할 수는 없었고, 이 때문에 실용 가치가 크게 떨어졌다.

라이스의 전화기가 실용적인 가치 면에서 떨어졌던 원인으로는 여러 요인이 있는데, 그중 가장 중요한 것이 바로 이 장치에 포함된 작은 나사 하나가 약간 덜 죄어져 있었다는 사실이다. 그 차이는 불과 0.5밀리미터였다.

훗날 벨은 라이스의 이 장치를 개선하면서 나사를 반 바퀴 정도 더 죄었고, 그러자 말소리까지 전달할 수 있는 명실상부한 전화기가 탄생하였다. 벨의 손에서 기적이 탄생했기에, 전화기 발명 특허는 그의 것이었다.

벨의 성공을 보며 라이스는 망연자실함과 허탈함이 교차한 표정으로 이렇게 탄식했다.

"난 성공을 0.5밀리미터 앞에 두고 포기했다. 이 실패로 인한 교훈은 아마 평생 동안 잊을 수 없을 것이다."

성공은 우리 곁에서 아주 멀리 떨어져 있기도 하지만, 때로는 성공할 수 없다고 여길 때, 오히려 손을 뻗기만 하면 닿을 수 있는 거리에와 있기도 한다. 이럴 때 남보다 한 발짝 더 내딛는 것만으로도 인생을 완전히 변화시킬 수 있다.

콘래드 힐튼

020

10만 달러로 100만 달러짜리 호텔을 짓다

힐튼이 자신의 이름을 딴 호텔을 짓기로 결정했을 때, 그의 수중에 있는 돈은 10만 달러가 전부였다. 호텔을 지으려면 최소한 100만 달러가 필요했으니 이는 10분의 1밖에 안 되는 금액이었다. 그가 호텔 건설 부지로 점찍은 땅의 지가만 해도 10만 달러였다. 그러나 힐튼은 건축업자에게 즉시 착공할 것을 지시했다.

그리고 힐튼은 그 땅을 사들이는 대신 임대하는 방법을 택했다. 임대기간은 99년이었고, 임대료는 해마다 3만 1천 달러씩 나누어 지불하는 조건이었다.

부지 임대계약을 성사시키기 위해 힐튼은 땅주인에게 임대료를 지급할 능력이 없어지면 그 즉시 토지를 돌려주는 것은 물론, 그 위에 지어진 호텔에 대한 소유권도 포기하고, 이미 지불한 임대료도 돌려받지 않겠다는 조건을 내걸었다. 땅주인은 매년 적지 않은 임대료를 받을 수 있는 데다가, 만약 임대료를 받지 못하면 공짜로 호텔까지 얻을 수 있으니 손해 볼 것 없는 거래라고 생각하여 흔쾌히 계약에 동의했다.

하지만 힐튼은 전혀 믿는 구석도 없이 큰 모험을 할 정도로 무모한 사람이 아니었다. 그는 그 땅을 담보로 은행에서 돈을 빌릴 수 있는 권리를 달라고 요구했고, 땅주인은 이 조건에도 동의했다.

결국 힐튼은 은행에서 자금을 대출할 수 있는 담보물을 얻은 셈이었고, 그렇게 돈을 빌려 지은 것이 힐튼 호텔이다.

당시 힐튼이 100만 달러짜리 호텔을 짓는 데 들인 돈은 단돈 3만 1천 달러에 불과했다.

작은 장사를 시작하는 데 필요한 자금을 모으는 일은 그리 어렵지 않겠지만, 큰 사업을 하기 위한 자본금을 스스로 충당하는 일은 결코 쉽지 않다. 따라서 남에게 자금을 빌리는 일이 필수적이다. 시장경제가 고도로 발달한 오늘날, 곧이곧대로 땀 흘려 일하는 사람은 작은 부자밖에 될 수 없으며, 큰 부자가 되기 위해서는 반드시 두뇌 회전이 필요하다.

021

잉그리드 버그만

상식을 깨다

1933년, 아직 어둠이 채 가시지 않은 어느 이른 아침, 한 여학생이 황실극장에 도착했다. 그녀는 스웨덴 황실오페라 학교의 입학시험에 응시하기 위해 이곳에 온 것이었다. 갓 열여덟 살이 된 이 소녀는 훗날 오스카상을 무려 세 차례나 수상하고 당대 할리우드의 대스타로 성장한 여배우 잉그리드 버그만이었다.

경쟁이 치열한 이 시험에 합격하기 위해 그녀는 사전에 치밀한 준비를 했다. 며칠 밤을 꼬박 새며 연기 연습에 매달렸고, 남들과는 다른 무언가를 보여주기 위해 고심했다.

그녀는 자신이 몸담고 있던 극단의 연기 스승에게 말했다.

"시험 응시자들은 자신이 정식 교육을 받았다는 것을 보여주기 위해 대부분 '라트라비아타'나 '맥베스' 같은 정통 비극 오페라의 한 장면을 연기한대요. 하지만 젊은 여자가 무대에서 처량하게 울고 있는 모습만

보면 채점관들도 마음도 불편하지 않겠어요? 채점관들을 즐겁게 해줄 수 있는 무언가가 필요해요."

연기 스승은 그녀의 말에도 일리가 있다고 생각하여, 그녀에게 희극 오페라의 한 장면을 연기해보라고 추천했다. 그 장면은 바로 거리에서 애인을 만난 한 청년이 장난을 치려다가 도리어 애인에게 골탕을 먹는다는 내용이었다.

드디어 실기시험 날이 다가왔다. 셀 수 없이 많은 응시생들이 시험을 치렀고, 드디어 잉그리드 버그만이 연기할 차례가 되었다. 그녀가 준비한 연기의 도입부는 애인이 앞에 있는 것을 본 여자가 재빨리 그 뒤로 뛰어가 손으로 애인의 두 눈을 가리는 장면이었다. 그런데 연기가 시작되고 보니, 그녀의 상대역을 맡은 남자 연기자가 너무 긴장한 탓인지 실수로 잉그리드 버그만 쪽을 향해 서 있는 것이 아닌가.

그녀가 방향을 잘못 잡고 서 있는 상대 연기자를 발견했을 때는 이미 너무 늦은 뒤였다. 그러자 그녀는 갑자기 무대 중앙으로 훌쩍 뛰어나와 두 손을 모으고 허리를 비틀며 "깔깔깔" 큰 소리로 애교스럽게 웃어버렸다. 그녀의 돌발행동에 시험장 안에 있던 모든 사람들이 어리둥절해 했고, 시험관들은 서로 귓속말을 주고받으며 재미있다는 표정으로 그녀를 바라보았다. 잉그리드 버그만은 이번에는 아예 무대 아래에 있던 시험관까지 무대 위로 끌어들여 말을 건네며 큰 소리로 웃어댔다.

그런데 한 시험관이 손을 저으며 "됐어요. 이제 그만 내려가도 좋아요"라고 말하는 것이 아닌가. 잉그리드 버그만은 오랫동안 준비한 시험을 망쳤다는 생각에 허탈함과 실망감을 감출 수 없었다.

그런데 며칠 후, 좌절감에 빠져 있던 그녀에게 뜻밖의 소식이 도착했다. 1차 시험에 합격했다는 것이다. 그녀는 2차 시험에도 합격했고, 얼마 후에는 꿈에 그리던 황실오페라 학교에 입학할 수 있었다.

나중에 알게 된 사실이지만, 그녀가 연기 시험 때 크게 웃으며 무대 한가운데로 뛰어나오던 그 순간, 시험관들은 이미 만장일치로 그녀의 합격을 결정했다고 한다. 그들이 귓속말로 수군거린 말은 바로 "저것 좀 봐. 저 아가씨는 등장부터가 남다르군. 더이상 볼 것도 없겠어. 무조건 합격이야"라는 것이었다.

상식을 깨는 것은 일종의 모험이다. 그런데 상식을 깨려면 생각보다 훨씬 큰 위험을 무릅써야 한다는 사실을 아는 사람은 많지 않다. 이 세상에 성공하는 사람이 많지 않은 것은 바로 과감하게 상식을 깰 수 있는 사람이 적기 때문이다.

022

파르망티에

귀신 사과를 보급하다

17세기 중엽, 프랑스에서 감자 재배가 아직 보편화되지 않았을 때의 일이다.

지금은 감자가 매우 흔한 식품이지만, 당시 사람들은 감자에 대해 매우 강한 경계심을 가지고 있었다. 심지어는 감자를 '귀신 사과'라고 부르며 금기시하기도 했고, 농부들은 이 작물을 재배하면 토양이 척박해질 것이라고 믿었다. 의사들까지도 감자가 인체에 매우 해롭다는 인식을 고집할 정도였으니 다른 사람들이야 오죽했겠는가.

그런데 18세기 프랑스의 유명한 농학자인 파르망티에는 아메리카 대륙에 갔다가 우연히 감자튀김을 먹어보고, 그 맛에 완전히 매료되었다. 그는 이 일을 계기로 프랑스에 감자 재배를 보급화하기로 결심했다. 하지만 아무리 애써 설명해도 주변 사람들은 그의 감자 예찬론에 동조하기는커녕 아예 들으려고도 하지 않았다.

그러던 파르망티에게 운 좋게도 국왕을 직접 만날 수 있는 기회가 생겼다. 그는 그 자리에서 국왕에게 풀 한 포기 자라지 않는 황무지를 자신에게 달라고 부탁했다. 국왕이 그런 땅을 원하는 이유를 묻자, 그는 "실험에 사용하려고 합니다"라고 짧게 대답했다.

국왕에게 땅을 하사받은 파르망티에는 그곳에 곧바로 감자를 심었다. 그러고는 감자가 하루빨리 사람들의 식탁에 오를 수 있도록 하기 위해 작은 꾀를 생각해냈다.

그는 국왕을 찾아가 말했다.

"존경하는 폐하, 폐하께서 내려주신 땅에 제가 '귀신 사과'를 심었습니다. 단순히 실험 때문에 심은 것이나, 행여 사람들이 그것을 훔쳐다가 먹을까 두렵습니다. 그것을 먹으면 큰 부작용이 있을 터이니 폐하께서 근위대를 파견해 밭을 지켜주시기를 간청드립니다."

그의 재능을 높이 평가하고 신임하던 국왕은 주저 없이 그의 청을 들어주었다.

그런데 파르망티에가 무언가를 열심히 재배하고, 그 주변에서 매일 완전무장을 한 호위병들이 보초를 서는 광경은 사람들의 호기심을 불러일으키기에 충분했다.

사람들은 이 밭에 심은 것이 도대체 무엇인지 몹시 궁금해했다. 낮에는 삼엄한 경비 때문에 감히 밭에 접근할 수 없었지만, 날이 어두워지면 일부 대담한 사람들은 밭으로 몰래 들어가 감자를 훔쳐가곤 했다. 감자를 훔쳐간 사람들은 거기서 어떤 열매가 열리는지 직접 알아보기 위해, 그것을 자신의 텃밭에 심었다.

과연 머지않아 근방에서 감자를 키우는 농가가 하나 둘씩 늘어났고,

얼마 지나지 않아 감자는 프랑스 전역으로 전파되어 사람들의 식탁 위에 오르게 되었다.

원하지 않는 것을 누군가에게 억지로 강요하며 떠안기면, 그 물건은 당신이 돌아서는 즉시 휴지통으로 내던져지게 마련이다. 상대에게 거절을 당하는 이유가 권유하는 방식상의 문제인 경우가 종종 있다. 남에게 무언가를 권유할 때에는 행동으로 옮기기 전에 가장 효과적인 방법이 무엇인지 심사숙고해야 한다. 그중에서도 가장 좋은 방법은 상대가 제 발로 찾아와 그것을 요청하도록 만드는 것이다.

023

조지프

자신감을 잃지 않다

미국 캘리포니아에 조지프라는 한 아이가 있었다. 이 아이는 초등학교를 졸업한 후에는 집안 형편 때문에 공부를 계속하지 못했다. 대신 생계에 조금이라도 도움이 되기 위해 다른 사람의 양을 치는 일을 해야 했다.

조지프는 책 읽는 것을 좋아해 양떼를 돌보면서도 늘 책을 손에서 놓지 않았다. 그러다 보니 양들이 조지프의 눈길이 소홀한 틈을 타 울타리를 뚫고 나가 부근의 밭을 온통 짓밟아놓는 바람에 꾸짖음을 당하는 일이 한두 번이 아니었다. 사실 양떼 우리의 울타리라고 해봐야 나무로 기둥을 몇 개 세우고 그것들을 밧줄로 이어놓은 것이 전부였기 때문에, 양들은 그다지 힘들이지 않고도 쉽게 우리를 넘어갈 수 있었다. 그래서 조지프는 양들이 울타리 밖으로 빠져나가지 못하도록 하는 방법을 고안해내기로 결심했다.

어느 날 조지프는 양들이 유독 어느 한쪽 울타리로는 넘어가지 않는다는 사실을 알아냈다. 유심히 관찰해보니 그쪽 울타리 근처에 가시나무가 자라고 있었던 것이다.

갑자기 조지프에게 좋은 생각이 떠올랐다. 가시나무를 심어놓으면 양들이 달아나는 것을 막을 수 있지 않을까? 조지프는 시험 삼아 가시나무를 베어다가 울타리를 만들어보았는데, 과연 양들은 울타리 근처에 얼씬도 하지 못했다. 그 뒤로 조지프는 양들이 도망갈까봐 걱정하지 않고 마음껏 책을 읽을 수 있었다.

하지만 얼마 후, 조지프는 반경 수십 킬로미터에 달하는 목장 주변에 빽빽하게 가시나무를 심는 일이 지나친 낭비라는 생각이 들었다. 그래서 그는 밧줄 대신 굵은 철사로 울타리 기둥들을 잇고, 그 위에 짧은 철사들을 꼬아 묶어놓았다. 그러자 철사가 가시와 같은 역할을 해서 가시나무를 심는 것과 완전히 동일한 효과를 얻을 수 있었다.

이렇게 해서 조지프는 철사 가시가 달린 울타리를 만들어냈고, 주변 사람들에게서 큰 호응을 얻었다. 세계 최초의 철조망은 이렇게 탄생한 것이다.

그러나 조지프는 여기에 만족하지 않았다. 그는 돈을 빌려 작은 공장을 차려놓고, '양떼를 감시하지 않아도 되는' 울타리를 대량 생산하기 시작했다.

훗날 조지프는 이 울타리의 문제점을 개선해 보다 견고하게 만들었다. 이 제품이 시장에 출시되자, 가히 폭발적인 반응이 나타났다. 본래 만들어진 용도, 즉 양들이 도망치지 못하게 하는 것 외에도, 가정에서 도둑이 드는 것을 예방하는 방범용 담장으로 탁월한 효과를 발휘했기 때문이다.

얼마 후 제1차 세계대전이 발발하자, 이 철조망은 적의 침투를 막는 방어망으로 사용되었는데, 그 사용량이 전쟁에 쓰인 포탄의 양보다도 많았다고 한다.

훗날 조지프는 미국은 물론 세계 각국에서 철조망에 대한 특허권을 획득해 어마어마한 돈을 벌어들일 수 있었다.

성공하는 사람들은 눈에 띄지 않는 흔한 일에서 유용한 가치와 기회를 발견하곤 한다. 땅으로 떨어지는 사과를 보고 뉴턴은 만유인력의 법칙을 발견했지만, 다른 많은 사람들은 떨어지는 사과에 맞는 한이 있더라도 사과가 떨어지는 원인에 대해서는 생각하지 못한다.

024 아멜

금광을 캐러 온 사람들에게 물을 팔아 부자가 되다

19세기 중반, 미국 캘리포니아 주에서 금광이 발견됐다는 소식이 전해지자, 전국 각지에서 수많은 사람들이 자신도 행운아가 되겠다는 포부를 안고 캘리포니아로 모여들었다. 당시 17세였던 청년 아멜도 골드러시의 대열에 합류해, 다른 젊은이들과 마찬가지로 천신만고 끝에 캘리포니아에 도착할 수 있었다.

황무지에 불과했던 캘리포니아는 순식간에 광부들의 천국이 되었다. 하지만 금광 개발에 손은 대는 사람이 점점 늘어나면서 금을 찾는 일도 그만큼 어려워졌다.

어려운 것은 비단 금을 찾는 일뿐만이 아니었다. 기후가 건조하고 물이 부족한 곳이었기 때문에 기본적인 생활도 매우 힘들었다. 꿈을 이루지 못한 채 건강을 해치고, 심지어는 목숨을 잃는 사람들이 하나 둘 생겨났다.

아멜은 많은 시간을 금광 찾는 일에 쏟아 부었지만, 다른 사람들과 마찬가지로 금도 찾지 못했고, 갈증과 허기에 몸은 점점 지쳐갔다.

어느 날인가 아멜은 여느 때처럼 아까워서 마시지 못하고 남겨둔 물통 속의 물을 바라보고 있었다. 물이 부족하다는 주변 사람들의 불평이 귓가에 쟁쟁했다. 바로 그때, 갑자기 뇌리를 스치는 생각이 있었다. 어차피 금광을 찾지 못할 바에야 차라리 물을 찾는 것이 낫지 않을까 하는 생각이었다.

그때부터 아멜은 목표를 금맥에서 수맥으로 바꾸었다. 그는 곧장 멀리 떨어진 강으로부터 물길을 내기 시작했다. 금을 캐기 위해 마련했던 연장들은 수로를 내는 데에도 아주 요긴하게 쓰였다.

그는 수로를 통해 끌어온 물을 고운 모래에 여과시켜 마실 수 있도록 만든 후, 그것을 병에 담아 산 위로 짊어지고 올라가 광부들에게 팔기 시작했다.

어떤 사람들은 그런 아멜을 보고 사내가 그렇게 뜻이 작아서야 되겠느냐며 비웃었다.

"죽을 고생을 다 해서 캘리포니아로 왔는데, 금은 찾지 않고 물이나 팔다니 정말 어리석군. 그깟 물을 팔아봐야 얼마나 남겠어? 물 장사라면 아무 데서나 할 수 있는데 왜 하필 여기까지 와서 그러고 있나?"

하지만 아멜은 자신의 신념을 포기하지 않고, 계속해서 물을 팔았다. 그저 강물을 가져다 정수해서 팔면 되었기 때문에 자금이 거의 안 들었으니 이보다 더 좋은 장사가 어디에 있단 말인가?

결과적으로 금광을 찾아 모여들었던 사람들이 빈손으로 허망하게 돌아간 반면 아멜은 짧은 기간 동안 적지 않은 돈을 벌어들였다.

수요와 공급이 균형을 이루는 지점이 바로 부를 창출할 수 있는 분기점이다. 물질적인 부란 언제나 수급 관계를 정확하게 파악하고, 공급 라인을 통제할 수 있는 사람의 것이다. 모든 사람들이 특정한 재화를 추구해 수요가 공급을 초월하게 되면, 새로운 목표를 찾아 추구해야만 한다.

노먼 워터

025

버려진 그림만 수집하다

미국에 노먼 워터라는 유명한 그림 수집가가 있었다. 수집가들은 유명한 작품을 사들이기 위해서라면 천금도 아낌없이 내어놓는 것이 보통이다. 그런 수집가들을 보면서 워터는 갑자기 '버려진 그림들을 수집해보면 어떨까?' 하는 생각을 했다.

그는 그때부터 다른 사람들이 조악하다며 거들떠보지도 않는 그림들만 모으기 시작했다. 하지만 그에게도 그림을 선택하는 나름의 기준이 있었다. 하나는 유명한 화가가 그렸지만 평이 그리 좋지 못해 외면받는 그림일 것, 또 하나는 5달러 미만의 무명화가가 그린 그림이어야 했다.

그는 곧 어렵지 않게 200여 점의 그림을 수집할 수 있었다.

얼마 후 그는 사상 최초로 '버려진' 그림들을 관람하는 전시회를 연다고 신문에 광고를 냈다. 전시 목적은 젊은이들에게 그림을 감별하는 능력을 길러주고 그림과 명화의 진정한 가치를 발견할 수 있는 기회를 제공한다는 것이었다.

그런데 아무도 성공하리라 예상하지 않았던 이 전시회에 개막 직후부터 수많은 관람객들이 모여들기 시작했다. 명화들로 가득한 그 어떤 전시회도 부럽지 않은 성과였다. 게다가 워터의 전시회는 사람들의 입에 오르내리며 대화할 때 빠지지 않고 등장하는 화젯거리가 되었다. 전시회에는 연일 발 디딜 틈도 없이 많은 사람들이 찾아왔다. 심지어 어떤 그림이 조악하고 가치가 낮다는 것인지를 직접 보기 위해 다른 나라에서 찾아오는 사람들도 있었다.

호기심 속에 돈을 벌 수 있는 기회가 숨어 있다. 사람들이 호기심을 가지는 것 역시 일종의 수요이기 때문이다.

로저 롤스

026

주지사의 꿈을 가지다

뉴욕 브루클린의 빈민가에서 태어난 한 흑인 소년은 어려서부터 늘 동네 아이들과 어울리며 싸우고 욕하고 무단으로 학교에 결석하는 등 갖가지 불량한 행실을 습관적으로 저질러왔다. 학교에서도 그는 문제아로 낙인 찍혀 가르치는 교사마다 골머리를 앓게 만들었다. 게다가 소년의 학교 친구들 역시 그와 별반 다를 바 없었다.

새 학기가 시작된 지 얼마 되지 않은 어느 날, 이 학교에 폴이라는 선생님이 새로 부임해 왔다. 폴은 전근을 오기 전부터 학생들의 악명을 익히 들어 알고 있었다. 하지만 폴은 다른 선생님과 달리 아이들이 건전하고 정상적인 삶을 살 수 있도록 바꾸어놓는 일을 결코 포기하지 않았다.

아이들의 나쁜 행동을 고치기 위해 폴이 처음으로 시도한 방법은 바로 충고와 설득이었다. 그는 아이들이 꿈과 이상을 가진 사람이 되기를 바랐다. 하지만 이 정도로 행동이 고쳐질 아이들이 아니었다. 아이들은 폴의 충고를 한 귀로 흘려버리고는 여전히 싸움과 욕설을 입에 달고 사는 것은 물론 수시로 무단결석을 했다.

'어떻게 하면 아이들의 나쁜 습관을 고칠 수 있을까?'

아이들을 바꾸어놓는 일이 그리 만만찮다는 사실을 안 폴은 심각하게 고민하기 시작했다. 그러던 어느 날, 폴은 빈민가 사람들이 미신에 무척 집착하고 따른다는 사실을 알게 되었다. 그는 미신을 이용해 아이들을 교육해보기로 결심했다.

폴은 여느 때와 마찬가지로 책을 들고 교실에 들어갔다. 그런데 수업 시작을 알리는 종이 울렸는데도 폴은 수업을 시작하지 않았다. 의아한 표정으로 자신을 쳐다보는 아이들에게 그는 말했다.

"수업하기 싫지? 나도 다 안단다. 오늘 수업은 쉬자꾸나."

그의 말에 아이들이 일제히 환호성을 올렸다.

"내가 어려서 학교를 다닐 때, 학교에서 그리 멀지 않은 곳에 원시 부족들이 사는 마을이 있었단다. 그 마을에는 주술사가 있었어. 그곳에 사는 사람들은 무슨 문제가 생기면 그를 찾아가 점을 치곤 했지. 그 주술사는 손금을 아주 잘 보았어. 나도 그에게 손금을 본 적이 있는데, 나더러 커서 선생님이 될 거라고 했단다. 그런데 지금 난 정말로 선생님이 되어 있잖니? 주술사는 나에게도 손금 보는 법을 가르쳐주었어. 그래서 난 손금을 보면 그 사람의 미래를 알 수 있단다. 오늘은 내가 너희들의 손금을 봐주도록 하겠다."

손금을 봐준다는 말에 아이들의 표정이 상기되었다.

폴은 아이들에게 두 손을 앞으로 내밀고 조용히 앉으라고 한 후, 한 명씩 손금을 봐주기 시작했다. 제일 먼저 손금을 본 아이는 맨 앞줄에 앉아 있던 피터였다. 폴은 피터의 작은 손을 가만히 들여다보더니 뜻밖이라는 표정으로 이렇게 외쳤다.

"오! 넌 커서 기업가가 되겠구나. 크게 성공할 거야. 축하한다, 피터!"

폴의 따뜻한 눈빛에 피터는 흥분한 목소리로 친구들에게 자랑했다.

"내가 기업가로 성공할 거래! 너희들도 앞으로 뭐가 될지 어서 봐달라고 해."

피터의 말에 아이들은 너도나도 손금을 봐달라고 재촉하기 시작했다. 그리고 그에게 손금을 본 아이들은 하나같이 기쁨과 흥분을 감추지 못했다. 폴은 모든 아이들에게 커서 백만장자가 될 것이라거나 높은 지위에 오를 것이라고 예언했기 때문이다.

맨 마지막으로 흑인 소년의 차례가 되었다. 아이는 서둘러 보고 싶은 마음이었지만, 내심 선생님의 입에서 불길한 말이 나오면 어쩌나 걱정하고 있었다. 왜냐하면 어려서부터 단 한 명도 자신을 좋아해준 사람이 없었고, 또 앞으로 훌륭한 사람이 될 것이라고 말해준 사람도 없었기 때문이다.

폴은 아이의 망설이는 모습을 보고 아이가 무엇을 걱정하고 있는지 금세 알아차렸다. 폴은 아이에게 다가가 말했다.

"너도 다른 아이들처럼 손금을 봐줄게. 이래 봬도 난 손금을 아주 정확하게 본단다. 단 한 번도 틀린 적이 없어."

아이는 긴장된 표정으로 선생님을 바라보더니 조심스럽게 손을 내밀었다. 폴은 손톱에 때가 잔뜩 낀 아이의 작은 손을 자세히 살펴보더니 진지하고 확신에 찬 말투로 아이의 눈을 바라보며 말했다.

"정말 굉장하구나. 넌 커서 뉴욕의 주지사가 될 거란다."

아이는 자신의 귀를 믿을 수 없었다.

'내가 뉴욕 주지사가 될 거라고?'

하지만 선생님이 보는 손금은 한 번도 틀린 적이 없다고 하지 않았던가. 아이는 감격스러운 듯 선생님을 바라보았고, 그 순간 반드시 주지사가 되겠다는 결심을 세웠다.

그때부터 아이들은 싸우거나 무단으로 결석하는 일이 점점 줄어들었다. 그중에서도 마지막으로 손금을 본 아이의 변화가 가장 컸다. 나쁜 버릇이 모조리 사라져 완전히 다른 아이로 바뀌었다. 그 아이는 자신을 이미 주지사라고 생각하고, 주지사라면 마땅히 훌륭한 사람이어야 한다고 생각했기 때문이다.

폴이 손금을 봐주었던 아이들 중 대부분은 나중에 커서 정말로 부자가 되거나 높은 지위에 올랐다. 그리고 마지막으로 손금을 본 소년 역시 51세에 뉴욕 주의 53대 주지사이자 미국 역사상 최초의 흑인 주지사가 되었다. 그가 바로 로저 롤스다.

굳은 신념은 성공을 위해 반드시 갖추어야 할 요건이다. 성공하는 사람들은 자신이 성공할 것이라고 굳게 믿지만, 실패하는 사람들은 미리부터 자신이 성공할 수 없을 것이라고 생각한다.

027

사이러스 필드

끝까지 포기하지 않는다

사이러스 필드가 일흔이 다 되었을 무렵, 그는 이미 막대한 재산을 소유하고 있었다. 여행이나 다니며 말년을 한가로이 보낼 생각이었던 그에게, 어느 날 갑자기 기발한 아이디어가 떠올랐다. 대서양 바다 밑에 유럽과 미국을 연결하는 케이블을 깔면 어떨까, 하는 생각이었다. 이 생각이 현실이 된다면 그 경제적인 가치는 감히 상상할 수 없을 정도로 클 터였다. 하지만 해저 케이블을 매설하는 일에는 천문학적인 자금이 필요했다.

이 고집스러운 노인은 가능한 모든 수단을 동원해 영국 정부로부터 자금 지원을 약속받았지만, 영국 의회에서 표결을 거친 결과 찬성표가 단 한 표밖에 나오지 않아 또다시 벽에 부딪히고 말았다. 그러나 이것은 필드의 야심 찬 계획이 실현되기란 쉽지 않을 것임을 알리는 예고에 불과했다.

필드는 기어코 케이블 매설 작업을 시작했다. 하지만 5마일도 전진하지 못한 상태에서 케이블이 끊어지고 말았다.

이미 시작한 일을 도중에 멈출 수 없다고 생각한 필드는 억지로 공사를 재개했지만, 2백 마일쯤 전진한 지점에서 또다시 케이블이 끊어졌다.

이번에도 필드는 포기하지 않았다. 그는 다시 7백 마일의 케이블과 최신 설비를 사들이고 최고의 전문가들을 초빙해 다시 처음부터 시작했다. 하지만 안타깝게도 7백 마일의 케이블이 거의 매설되었을 때, 거친 파도가 또다시 케이블을 끊어놓고 말았다.

작업에 참여했던 모든 직원과 인부들의 사기가 추락했고, 언론에서는 필드의 '위대한 사업'을 조롱해댔다. 그가 제시한 장밋빛 청사진을 보고 투자했던 사람들도 크게 실망하여 더이상 대서양에 헛돈을 쏟아붓고 싶지 않다며 고개를 돌렸다.

이렇듯 모두가 포기했지만 필드만은 결코 포기하지 않았다. 그는 특유의 언변으로 동업자들을 설득했고, 가까스로 공사가 재개되었다. 지성이면 감천이라고 했던가. 이번에는 하늘이 도왔는지 공사가 순조롭게 진행되어 케이블 매설이 완성되고 전류도 정상적으로 통하게 되었다. 하지만 준공을 바로 앞두고 케이블의 전류가 또다시 끊어졌다.

이제는 필드와 그의 두 친구를 제외한 모든 사람이 이 사업은 불가능하다고 단정지었다. 하지만 그들은 여전히 신념을 버리지 않았고, 고생 끝에 자신들의 신념을 믿고 투자해줄 사람을 찾게 되었다. 또 한 번의 시도가 시작된 것이다. 그들은 굵고 품질이 우수한 케이블을 구매해 일사천리로 바다 밑에 묻어 나가기 시작했다. 그러나 마지막으로 6백 마일에 달하는 뉴펀들랜드 구간을 매설하던 중 케이블이 또 끊어져 바다 밑으로 빠지고 말았다. 몇 차례나 복구하려고 했지만 뜻대로 되지 않았다. 이렇게 공사는 중단됐고, 또다시 1년이 흘렀다.

그러나 여기에서 포기할 필드가 아니었다. 1년 후, 그는 또다시 새로운 회사를 설립해 공사를 재개했다. 그리고 1866년 7월 13일, 그의 위대한 사업이 마침내 완성되었다. 필드는 처음으로 대서양을 횡단하는 케이블로 전보를 보냈다. 전보의 내용은 이러했다.

"7월 27일 밤 아홉 시, 목적지에 도착했습니다. 하나님, 감사합니다. 케이블이 모두 매설되었고, 모든 것이 순조롭습니다. 사이러스 필드."

필드와 두 동업자가 매설한 케이블은 지금까지도 아무런 문제없이 사용되고 있다.

좌절보다 두려운 것은 바로 포기다. 역사적으로 수많은 실패자들이 기회를 포착하고도 힘든 시기를 견뎌내지 못해 그대로 좌절해버렸다. 자신의 방향이 정확하다고 판단되면, 끝까지 밀고 나아가야 한다. 모든 사람이 성공할 수 없다고 말할 때, 당신은 이미 성공의 문 앞에 다다라 있을 수도 있다.

028 조르쥬 로트네르

원수를 은혜로 갚다

조르쥬 로트네르는 베니스에서 다년간 활동하며 인지도를 얻은 변호사였지만, 제2차 세계대전 기간에 이탈리아를 떠나 스웨덴으로 이주한 후에는 아무도 알아주지 않는 실업자 신세로 전락했다. 그는 몇 개 국어에 능통한 자신의 재능을 살려 무역회사의 비서직으로 취업하고자 많은 회사에 지원서를 보냈다. 하지만 그가 받은 답장은 대부분 전쟁으로 인해 경기가 악화되어 인원을 확충할 수 없으니, 차후에 인력이 필요할 때 다시 연락하겠다는 내용뿐이었다.

그런데 한 회사에서 온 답장에 이런 내용이 적혀 있었다.

"당신은 우리 회사 업무에 대해 전혀 이해하지 못하고 있소. 한마디로 멍청하고 우둔하오. 난 내 편지를 대필해줄 비서 따위는 전혀 필요하지 않소. 설령 필요하다 한들 스웨덴어도 쓸 줄 모르는 당신 같은 비서는 둘 생각이 없소. 당신의 지원서는 온통 틀린 글자투성이였소."

편지를 읽은 조르쥬 로트네르는 화가 머리끝까지 치밀어 올라 그 편지를 보낸 사람에게 반박하는 내용으로 답장을 쓸 생각이었다. 하지만 잠시 후 그는 흥분된 마음을 다잡았다.

'잠깐, 그런데 이 사람 말이 맞을 수도 있잖아? 스웨덴어는 내 모국어가 아니니까 서투를 수밖에 없지. 그렇다면 일자리를 구하기 위해서는 우선 스웨덴어부터 공부해야겠군. 오히려 이걸 깨닫게 해준 그에게 감사편지를 써야겠는걸.'

그는 곧 그 편지를 보낸 사람에게 답장을 썼다.

"편지를 보내주신 데 대해 깊이 감사드립니다. 굳이 비서를 채용할 필요가 없는 상황이었는데도 말입니다. 귀사의 업무를 제대로 파악하지 못했던 점은 매우 죄송하게 생각합니다. 제가 편지를 쓰는 이유는 귀하께서 업계에서 매우 영향력 있는 분이라는 말을 들었기 때문입니다. 제 글에 오류가 많았다는 사실을 알지 못했습니다. 매우 부끄럽게 생각합니다. 앞으로 더욱 열심히 스웨덴어를 공부해 부족한 점을 채울 것입니다. 제게 따끔한 충고를 해주셔서 정말 감사합니다."

얼마 후, 그 편지에 대한 답장이 도착했다. 바로 조르쥬 로트네르를 채용하겠다는 내용이었다.

상대방이 강하게 공격할 때 자신도 지지 않고 맞받아치는 것은 그리 좋은 방법이 아니다. 때로는 부드러움이 강함을 제압할 수 있기 때문이다. 공격적인 대응은 종종 양쪽 모두에게 피해를 입히고 승자도 패자도 없이 끝나버리고 만다. 눈에 보이는 상처는 없다고 해도 정신적인 상처는 반드시 남게 마련이다. 더욱 심각한 것은 이런 대립으로 인해 남들로부터 '성격이 거칠다' 혹은 '고집불통이다'라는 평가를 받을 수 있다는 사실이다.

029 하라 가쓰히라

일흔한 번째 방문

하라 가쓰히라原一平는 일본의 유명한 보험 판매원이다. 그는 일본 보험업계에서 입지전의 인물로 통한다. 그가 처음 이 일을 시작하면서 3년 8개월 동안 한 고객을 70번이나 찾아갔던 일화는 지금도 전설처럼 사람들 입에 오르내리고 있다.

자초지종은 이렇다.

하라가 젊은 시절 갓 보험 판매를 시작했을 때, 그는 회사로부터 한 남성용품 회사 사장의 정보를 받고는 바로 다음 날 그를 찾아갔다.

사장의 집을 찾아갔을 때 문을 열어준 이는 꽤 교양을 갖춘 것처럼 보이는 한 노인이었다. 하라는 그가 사장의 웃어른일 것이라고 생각했다. 하라가 자신의 신분을 소개했을 때, 그 노인이 아주 예의 바르게 "사장은 지금 집에 없으니 다음에 다시 오시오"라고 말했기 때문이다.

"사장님께서는 주로 언제 댁에 계신가요?"

"회사 일이 바빠서 언제 집에 있는지 확실히 말씀드릴 수가 없군요."

하라가 다른 질문들을 했지만, 노인은 "잘 모르겠소"라는 대답만 되풀이했다.

하라는 그 후 3년 하고도 8개월 동안 이 집을 70번이나 찾아갔으나 그때마다 사장은 집에 없었다. 그런데 우연히 다른 고객으로부터, "사장은 없으니 나중에 오시오"라고 응대했던 그 노인이 바로 자신을 70번이나 허탕 치게 만든 사장이라는 사실을 듣게 되었다. 이 사실을 알았을 때 하라가 얼마나 약이 오르고 화가 났을지는 짐작할 수 있을 것이다. 그는 철저하게 놀림을 당한 기분이었다. 그 '예의 바른 미소' 대신 차라리 자신의 신분을 밝히고, "난 보험에 관심이 없소. 그러니 자꾸 와서 헛수고하지 마시오"라고 귀찮다는 듯 짜증을 냈더라면 이보다 훨씬 화가 덜 났을 것이다. 그 노인 때문에 낭비한 시간을 생각하면 치밀어 오르는 화를 참을 수가 없었다.

하라는 노인에게 단단히 복수를 해주리라 마음먹고 70번이나 문턱이 닳도록 드나들었던 그의 집으로 찾아갔다. 그날은 노인이 집 앞에 나와 청소를 하고 있었다. 하라는 팔짱을 끼고 가만히 노인이 청소하는 모습을 바라보았다. 그러다가 담배 한 개비를 피워 물자 마음속의 응어리가 다소 풀어지는 것을 느꼈다. 뿌옇게 피어올랐다가 흩어지는 담배 연기와 함께 화났던 마음도 점차 사라지는 듯했다. 노인은 여전히 입을 굳게 다문 채 청소에 여념이 없었다. 하라가 두 번째 담배에 불을 붙였을 때, 노인은 청소를 마치고 청소도구를 챙기고 있었다. 하라는 가만히 담뱃불을 끄고 심호흡을 두 번 하더니 노인에게 다가갔다.

"안녕하세요. 저는 메이지 보험의 하라 가쓰히라입니다. 사장님께서는 지금 댁에 계신가요?"

"이걸 어쩌나, 방금 전에 나갔다오."

"나이도 지긋하신 분이 얼굴빛 하나 변하지 않고 이렇게 거짓말을 하실 줄은 정말 몰랐습니다. 노인장께서 바로 사장님이라는 걸 알고 있습니다. 보험에 가입할 의향이 없으시다면 떳떳이 밝히고 거절을 하실 일이지 왜 사람을 놀리십니까? 제 인내심을 시험하시는 건가요?"

"당신이 처음 왔을 때부터 보험 가입을 권유하기 위해 왔다는 것을 알았기 때문이오."

"제가 찾는 사장님이 노인장처럼 살날이 얼마 남지도 않은 줄을 처음부터 알았더라면 지난 삼 년 팔 개월 동안 귀중한 시간을 내서 찾아오지는 않았을 것입니다. 이렇게 쇠약한 고객을 보험에 가입시켰다면 저희 보험회사는 진즉에 파산했을 겁니다."

"뭐라고? 지금 날 무시하는 건가? 설마 내가 보험에 가입할 만한 자격조차 없다는 거야? 지금 당장 건강검진을 받으러 가세. 내가 보험 가입 요건을 충분히 만족시킬 수 있다는 사실을 증명해주지."

하라는 자신의 말이 고집불통 노인의 오기를 발동시켰다는 것을 알고는 목표를 달성했다는 생각에 마음속으로 쾌재를 불렀다. 그리고 자신의 영업능력을 발휘해 쐐기를 박는 말을 던졌다.

"흥! 사장님 한 명을 가입시키자고 제 귀중한 시간을 또다시 허비할 거라고 생각한다면 오산입니다. 사장님 가족과 회사 직원들이 모두 가입한다면 한번 생각해보죠!"

"좋아. 그런다고 못할 줄 아나? 내일 당장 가족들을 모두 데리고 찾아가겠네!"

그 다음이 어떻게 되었을지는 길게 이야기하지 않아도 짐작할 수 있을 것이다. 사장의 온 가족이 하라의 고객이 되었고, 하라는 최고의 영업실적을 거두며 일약 최고의 영업사원으로 올라설 수 있었다.

누군가를 설득하려면 그가 어떤 사람인가에 따라 다양한 전략을 사용해야 한다. 특히 여러 번 시도해도 거절당했다면 반드시 방법을 달리해야 한다.

로버트 부르스

030

칠전팔기

스코틀랜드의 독립 영웅 로버트 부르스왕실 출신이 아니라 스코틀랜드의 유력 가문의 후예였지만, 스코틀랜드 군대를 결속하여 잉글랜드 에드워드 2세의 군대에 저항했다. 1314년 백너번(Bannockburn) 전투에서 2만 명 이상의 잉글랜드 군을 격파하여 결정적인 승기를 잡았고, 마침내 1328년 잉글랜드는 스코틀랜드의 독립을 인정했고, 브루스는 로버트 1세로 스코틀랜드의 왕위에 올랐다. 는 오랫동안 잉글랜드와 전쟁을 벌였지만 전투 결과는 늘 그의 패배였다. 여섯 번째 전쟁에서도 역시 공격에 실패한 그는 남들 눈에 잘 띄지 않는 낡은 농가에서 숨어 지내야만 하는 신세가 되었다.

어느 날, 실의와 비통함에 잠긴 채 건초더미 위에 누워 있던 그의 눈에 거미 한 마리가 보였다. 거미는 열심히 거미줄을 치고 있었다. 갑자기 호기심이 발동한 그는 거미가 짓고 있던 거미집을 손으로 잡아당겨 망가뜨려 놓았다. 그런데 거미는 전혀 아랑곳하지 않고 계속 거미줄을 쳐나갔고, 금세 새로운 거미집이 탄생했다. 그가 또다시 거미집을 망가뜨리자, 거미는 다른 곳으로 가서 또다시 거미줄을 치기 시작했다. 그렇게 몇 차례 반복되자, 그의 얼굴에 경이로운 표정이 나타나기 시작했다. 그가 중얼거렸다.

"난 잉글랜드 군대에게 여섯 차례나 패배했고, 이제 전쟁을 포기하려 하고 있다. 그럼 난 이 하찮은 거미보다도 못한 존재란 말인가?"

거미가 일곱 번째 집을 다 짓자, 그는 갑자기 용기가 용솟음치는 것을 느꼈다. 다시 한 번 도전해야겠다는 결심이 생긴 것이다. 그는 잉글랜드인들에게 빼앗긴 나라를 반드시 되찾아 와야 했다.

그 후 그는 새로운 군대를 조직하여 신중하고 인내심 있게 전쟁을 준비했고, 마침내 스코틀랜드에서 잉글랜드인들을 몰아낼 수 있었다.

한 번 넘어져 좌절하고 다시 재기하지 못하는 원인은 누군가 일어나지 못하도록 발목을 붙잡기 때문보다는 스스로 다시 일어서려는 마음을 먹지 않기 때문일 경우가 더 많다. 넘어지면 다시 일어나자. 살면서 일어서는 횟수가 넘어지는 횟수보다 단 한 번이라도 많다면 그는 성공한 사람들의 대열에 낄 수 있다.

031

우노키 하지메

높은 나무에 올라가 TV를 팔다

1970년대, 일본의 소니 컬러 TV가 미국 시장에 처음 진출했다. 당시 일본에서는 소니의 컬러 TV가 시장을 완전히 석권하고 있었지만, 바다 건너 미국에서는 소니라는 브랜드를 아는 사람이 거의 없었다.

소니 해외마케팅부의 부장이었던 우노키 하지메는 회사로부터 이 문제를 해결하라는 특명을 받고 시카고로 가는 비행기에 몸을 실었다.

그러나 막상 불모지와 같은 미국에 도착하고 보니 우노키도 어떻게 해야 할지 막막하기만 했다.

하루는 어느 목장에서 산책을 하던 그의 눈에 목동이 소를 몰고 지나가는 모습이 보였다. 그런데 놀랍게도 목동이 덩치 큰 황소를 우리 안으로 넣자, 다른 소들이 제 발로 순순히 우리 안으로 들어가는 것이 아닌가.

이 광경을 본 우노키는 큰 깨달음을 얻었다. 미국에서 가장 규모가 크고 인지도 높은 판매업체가 소니의 TV를 판매하면, 다른 업체들은 자연히 따라서 소니 TV를 판매할 것이라는 사실이었다.

깨달음을 얻었으면 곧장 행동으로 옮겨야 하는 법. 우노키는 곧장 현지에서 가장 큰 가전제품 판매업체를 찾아갔다. 처음에는 판매업체도 소니 TV를 판매해달라는 요구에 난색을 표시했지만, 우노키가 포기하지 않고 끈질기게 설득한 결과 마침내 목적을 달성할 수 있었다.

유통업계의 최대 업체가 소니 TV를 판매하자, 100개가 넘는 현지의 유통업체들도 잇따라 소니의 제품을 판매하기 시작했다. 이로써 소니는 미국 시장에서 판로를 개척한 셈이었다. 이 일은 우노키 개인의 운명을 바꾸어놓았을 뿐만 아니라, 소니 전체의 운명도 완전히 뒤바꾸어 놓았다.

동물의 세계에서 원숭이는 그다지 위엄 있는 동물이라고 할 수 없다. 그보다는 덩치로 보나 울음소리로 보나 코끼리가 훨씬 크고 위엄 있기 때문에 사람들은 대개 코끼리를 더 주목한다. 하지만 원숭이가 코끼리 등에 올라타면 상황은 달라진다. 원숭이가 코끼리보다 주목받을 가능성이 더 커지는 것이다.

토르발센

032

출신은 중요하지 않다

"나는 황실의 핏줄이야."

덴마크에서 열린 어린이 파티에서 예쁘장하게 생긴 꼬마 숙녀가 자랑스레 말을 꺼냈다. 그러더니 삐죽거리며 말을 이었다.

"우리 아버지는 의회의 시종관이셔. 아주 높은 직위라고. 성이 '센Sen'으로 끝나는 평민 출신의 사람들은 영원히 큰 그릇이 될 수 없어. 그들 앞에서는 늘 위엄 있는 모습을 보여 섣불리 접근할 수 없도록 거리를 유지해야 해."

이때 옆에 있던 소녀가 말허리를 자르며 끼어들었다.

"하지만 우리 아버지는 너희들의 아버지는 물론 그 누구의 아버지도 신문에 나게 해줄 수 있어. 각계각층의 인사들이 우리 아버지를 무서워하지. 누구에 대한 기사를 신문에 낼지는 순전히 우리 아버지 마음이거든."

그때 문틈으로 몰래 파티를 구경하고 있던 한 소년이 혼잣말로 중얼거렸다.

"나도 저 아이들 틈에 낄 수 있다면 얼마나 좋을까?"

이 소년은 평소 주방에서 청소를 해주고 주방장에게 잘 보인 덕분에 허락을 받고 겨우 파티장에 들어올 수 있었다. 하지만 소년은 파티에 참석한 아이들과는 너무도 달랐다. 이 소년이 바로 성이 '센'으로 끝나는 평민이었던 것이다.

하루가 지나고, 한 해가 지나고, 더 많은 시간이 흐른 후, 그때 파티에 참석했던 아이들은 어느새 매력적인 신사와 우아한 숙녀가 되어 있었다.

어느 날 그들 중 몇 명이 금빛으로 휘황찬란한 한 성으로 초대를 받았다. 성안에는 각양각색의 아름다운 예술품들이 즐비하게 진열되어 있었고, 그들은 그것들의 주인을 만날 수 있었다. 주인은 바로 옛날 호기심에 가득 찬 표정으로 문밖에서 그들을 훔쳐보던 소년이었다. 이 소년은 이제 위대한 조각가의 신분으로 그들에게 추앙받는 인물이 되어 있었다. 그가 바로 「그리스도와 12사도」라는 작품을 남긴 덴마크의 유명한 예술가 토르발센이다.

귀한 가문에서 태어나는 것은 큰 행운이다. 하지만 출신이 한 사람의 장래를 결정할 수는 없다. 아무리 귀한 가문에서 태어났다고 하더라도 노력하지 않고 시간을 허비하며 생활한다면 비참한 말로를 맞이할 수 있고, 빈한한 집안 출신일지라도 노력하기만 하면 빛나는 성공을 거둘 수 있다. 출신 가문이 우수한 것은 자랑할 만한 일이 아니며, 가난한 집안에서 태어난 것 역시 부끄러운 일이 아니다.

033

안토니오 카노바

적당한 때에 자신을 드러낸다

카노바의 부친은 훌륭한 조각가였다. 이런 집안 환경의 영향으로 카노바는 어렸을 적부터 손으로 만들고 조각하는 법을 배울 수 있었고, 또 여기에 큰 흥미를 느꼈다.

하지만 카노바의 아버지 대부터 가세가 점점 기울더니, 급기야 아직 성년도 되지 않은 카노바가 생활전선에 뛰어들어야 하는 지경에까지 이르고 말았다. 어쩔 수 없이 그는 한 귀족 집안의 부엌에서 허드렛일을 하는 하인으로 들어갔다.

어느 날 귀족의 집에서 내로라하는 유명인사들을 초청해 성대한 연회를 열었다. 그런데 연회가 시작되기 전, 마지막으로 준비사항을 점검하던 지배인이 큰 테이블 위에 올려진 디저트의 장식이 망가진 것을 발견했다. 연회가 곧 시작될 참이라 장식을 새로 만들 수도 없는 상황이었다.

지배인이 당황하여 어쩔 줄 몰라 하고 있을 때, 카노바가 나서더니 금세 그 장식품을 대체할 만한 것을 만들겠다고 했다. 다른 방도가 없었던 지배인은 지푸라기라도 잡는 심정으로 그렇게 해보라고 했다. 그러자 카노바는 버터 한 덩이를 들어 올리더니 아주 숙련된 솜씨로 사자를 조각하는 것이 아닌가. 게다가 사자가 위엄 있게 앉아 있는 모습은 금방이라도 포효하며 뛰어오를 것처럼 생생했다. 그것이 어린 소년의 작품이라고는 도저히 믿기지 않았다. 지배인은 서둘러 카노바가 조각한 사자를 테이블 위에 올려놓았다.

연회가 시작되자, 그 사자는 연회에 참석한 왕과 귀족들 사이에서 최고의 화젯거리로 떠올랐다. 맛난 음식을 먹으며 한담이나 나누려던 연회가 버터로 만든 사자를 감상하는 자리로 탈바꿈해버린 것이다.

누군가가 그 걸작을 만든 이가 누구냐고 묻자, 지배인은 자신을 도와준 카노바에 대해 털어놓았다. 그 정교한 작품이 변변찮은 행색의 어린 소년이 급하게 만들어낸 것임을 알자 사람들은 모두 놀라 입을 다물지 못했다.

모두들 입에 침이 마르도록 카노바의 재주를 칭찬했고, 카노바 덕분에 파티가 더욱 빛났다고 생각한 집주인은 사람들 앞에서 그가 재능을 더욱 발전시킬 수 있도록 학비를 대겠노라고 자청했다.

그 후 주인은 약속을 지켰고, 카노바도 갑자기 찾아온 행운에 도취되어 자칫 게을러질 것을 스스로 경계하며, 순수함과 성실함을 잃지 않으려고 열심히 노력했다. 그는 이것이 자신의 일생을 완전히 바꾸어줄 일생일대의 기회이며, 이 기회를 놓치면 영영 가난을 벗어날 수 없다는 사실을 알고 있었기 때문이다.

훗날 카노바는 세계에서 가장 위대한 조각가의 명단에 자신의 이름을 올려놓을 수 있었다.

재능을 가지고 있다면 그것을 드러내야 남들에게 인정받을 수 있다. 하지만 아무 때나 재능을 드러낸다고 되는 것은 아니다. 남들이 자신을 필요로 할 때 재능을 드러내야 최대한 많은 사람들에게 주목받고 또 높은 평가를 받을 수 있다.

빌 게이츠

034

즉시 행동에 옮긴다

1973년, 영국 리버풀 출신의 콜레트라는 청년이 하버드 대학에 합격했다. 콜레트는 하버드에 입학한 지 얼마 되지 않아 한 미국인 친구를 사귀게 되었고, 둘은 둘도 없는 친구 사이가 되었다.

2학년에 진학했을 때, 그 미국인 친구가 말했다.

"콜레트, 차라리 나와 함께 자퇴하는 게 어때? 요즘 재무회계 프로그램 시장이 급부상하고 있잖아. 같이 삼십이 비트 재무회계 프로그램을 개발해보자고! 지금까지 학교에서 배운 지식이면 충분히 가능할 거야!"

콜레트도 재무회계 프로그램 분야의 전망이 밝다는 것은 알고 있었지만, 자퇴를 하자는 친구의 권유는 받아들일 수 없었다. 멀리 영국에서 하버드까지 온 것은 학문을 연구하기 위해서였지, 재무회계 프로그램을 개발하기 위해서는 아니었기 때문이다. 게다가 비트BIT시스템 과목의 강의가 아직 끝나지도 않은 상황이었다.

결국 그는 자퇴하지 않았고, 미국인 친구 혼자 자퇴를 했다.

그 후 10년이라는 시간이 흐른 뒤, 콜레트는 하버드 대학에서 비트 분야의 박사과정을 밟고 있었다. 하지만 대학 2학년도 채 마치지 못하고 자퇴한 친구는 바로 그해에 미국에서 손꼽히는 백만장자가 되어 있었다.

다시 세월이 흘러 1992년, 콜레트는 연구에 전념한 결과 박사학위를 따냈고, 그 친구는 미국의 부호 순위에서 당당히 2위를 차지했다.

1995년, 콜레트가 자신의 학문이 어느 정도의 성과를 거두었다고 판단하고 32비트 재무회계 프로그램을 개발하기로 마음먹었을 때, 그 미국인 친구는 이미 32비트보다 무려 1500배나 빠른 EIPEnterprise Information Portal 시스템을 개발하고 상용화하려는 단계에 있었다. 이 시스템이 출시되면 32비트 재무회계 프로그램은 설 자리를 잃게 될 판이었다.

바로 그해에 그 친구는 세계 최고의 부호로 우뚝 섰다. 그 친구가 바로 빌 게이츠다.

어떤 일을 하고자 할 때, 모든 조건이 완벽하게 갖추어진 후에야 비로소 행동하려고 한다면, 최적의 시기를 놓쳐버리고, 심지어는 애써 실현해봤자 전혀 가치 없는 일로 전락해버릴 수 있다. 성공한 사람들은 일단 행동에 착수한 후에 필요한 조건을 만들어 나아가지만, 실패한 사람은 조건이 모두 갖추어지기를 기다리다가 결국 기회를 놓쳐버리고 만다.

마이클 패러데이

035

남들을 감동시킨다

런던의 한 외진 골목, 비바람도 막지 못하는 허름한 집에 마이클 패러데이라는 소년이 살고 있었다. 이 소년은 신문을 팔아 근근이 생계를 잇는 가운데 제본소와 출판사에서 허드렛일을 해주며 어깨너머로 기술을 배웠다. 그런데 그가 한번은 제본소에서 백과사전 만드는 작업을 하다가 우연히 전기에 대해 소개하는 글을 읽은 후 전기에 큰 흥미를 갖게 되었다. 그는 그 책을 자세히 독파하고, 책에 소개된 방법에 따라 직접 간단한 실험까지 해보았다.

그러던 어느 날, 제본소의 한 고객이 어린 소년이 학구열에 불타 혼자 공부하는 것을 보고 기특하게 생각해, 그를 유명한 화학자인 험프리 데이비의 강연회에 데리고 갔다. 패러데이는 데이비의 강의에 대단한 감명을 받아 과학자가 되기로 결심했다. 그러고는 데이비에게 편지와 함께 그의 강의를 듣고 만든 노트를 보냈다. 노트에 적힌 내용이 맞는

지 봐달라는 것이었다. 편지와 함께 노트를 받은 데이비는 어린 소년의 용기와 진지한 태도에 감명을 받아, 그를 자신의 조수로 고용하고 싶다는 답장을 보냈다. 위대한 화학자로부터 편지를 받은 패러데이의 기쁨은 이루 표현할 수 없는 것이었다. 어려운 상황에서도 학문에 대한 열정으로 가득 차 있던 그에게 그보다 더 좋은 선물은 없었다.

패러데이는 훌륭한 스승의 가르침을 받으며 발전을 거듭했고, 쉬지 않는 관찰과 연구를 토대로 자신만의 실험을 하기 시작했다. 머지않아 그의 범상치 않은 재능과 빠른 진보를 알아본 과학자들이 앞 다투어 그를 초빙해 강연회를 열었다. 가난한 소년이 험프리 데이비라는 거인의 어깨 위에 올라서서 과학의 최고 경지에 다다른 셈이었다.

그는 탁월한 성과를 인정받아 왕립연구소의 교수로 임명되었고, 당시 과학자로서 독보적인 위치에 오를 수 있었다. 그의 친구이자 유명한 과학자였던 틴들은 "그는 그 누구보다도 위대한 실험 철학가다"라고 극찬했고, 그의 스승인 험프리 데이비는 그를 가장 자랑스러운 제자로 여겼다. 한번은 누군가가 데이비에게 인생에서 최대의 발견이 무엇이냐고 묻자, 그는 이렇게 대답했다.

"내 인생의 가장 위대한 발견은 바로 마이클 패러데이입니다."

누군가의 도움이 필요하다면 간절하게 부탁하는 것이 가장 좋은 방법이라고 생각하는 사람들이 많다. 하지만 이것은 분명 착각이다. 남에게 부탁하는 방법보다는 실제로 남을 감동시키는 것이 더 큰 효과를 발휘하곤 한다. 상대에게 무언가를 간절히 부탁해도 무시당할 수 있지만, 상대를 감동시키킬 경우에는 쉽게 도움을 받을 수 있다.

036

이마무라 키요시

다시 한 번 시도하다

일본에 이마무라 키요시라는 매우 유명한 기업가가 있다. 대학을 졸업했을 때만 해도 그는 가진 것이 아무 것도 없었지만, 스스로 사업을 일으켜보겠다는 결심이 있었다. 하지만 졸업한 지 2년도 채 안 되어 세 차례나 직업을 바꾸어야 했다. 일본은 전통적으로 직업의 안정성을 중시하고 천직을 숭상하는 사회였기 때문에 그의 고통은 이루 말할 수 없었다. 게다가 직업을 바꿀수록 상황이 더욱 힘들어졌기 때문에 그는 좌절하고 말았다.

궁지에 몰려 더이상 갈 곳이 없다고 생각한 그는 한 보험회사에 입사해 보험 외판을 시작했다. 일이 힘든 것은 차치하고, 기본 수당이 없었기 때문에 실적을 내지 못하면 월급을 한 푼도 받을 수 없었다. 하지만 선택의 여지가 없었던 그는 이 일로 기본적인 생활을 유지하다가 기회가 되면 곧장 다른 직장으로 옮기겠다는 생각으로 일을 해보기로 했다.

그는 매우 성실한 직원이었다. 아침 일찍부터 밤늦게까지 제대로 한 번 쉬지도 않고 열심히 돌아다녔다. 하지만 한참이 지나도록 실적을 내지 못했고, 집의 쌀독은 이미 바닥을 드러낸 지 오래였다. 그는 마음이 점점 급해졌다.

"지난 석 달 동안 단 하루도 쉬지 않고 영업을 위해 동분서주했지만, 단 한 건의 계약도 성사시키지 못했어. 더이상 이 일을 계속할 수는 없어. 이 일은 처음부터 나한테 맞지 않았던 것 같아. 다른 곳으로 이사를 가서 다른 일을 찾아봐야겠어."

이마무라가 체념한 목소리로 아내에게 말했다.

한동안 아무런 말도 하지 않고 남편의 무기력한 모습을 물끄러미 쳐다보던 아내가 입을 열었다.

"다른 곳으로 가겠다면 나도 같이 가야죠. 하지만 곧 있으면 연말이니 마지막으로 보름만 더 노력해봐요. 그래도 아무런 성과가 없다면 그때 다른 곳으로 가요."

이마무라는 어쩔 수 없이 다시 한 번 해보자는 생각으로 이튿날도 집을 나섰다.

그런데 마지막이라고 생각하고 열심히 노력하다보니 이마무라의 영업능력에도 조금씩 변화가 생기기 시작했다. 보험 영업에 문외한이었던 그에게도 어느새 전문적인 지식이 쌓여갔고, 고객들의 소비행태와 심리상태도 이해할 수 있었다. 그뿐만이 아니었다. 서툴렀던 영업에 기교가 생기고 현장에서 실제로 응용할 수 있는 자신만의 노하우까지 생겨났다. 처음에는 보험에 대해 전혀 알지 못하던 사람들도 이마무라의 설명을 듣고는 보험의 필요성에 대해 인식하기 시작했다.

딱 보름만 더 노력해보겠다던 그는 결국 3개월이 지난 후, 해당 지역에서 가장 우수한 영업사원이 되었다.

성공은 저절로 손을 뻗어 다가오는 것이 아니라, 잇따른 실패를 발판으로 조금씩 가까워지는 것이다. 매번 실패할 때마다 성공에 한 발짝 다가섰다고 생각하라. 실패 앞에서 언제나 '다시 한 번 해보자'는 생각을 갖는다면, 성공은 어느새 눈앞에 다가와 있을 것이다.

요시다 마사오

037

사랑의 새우를 팔다

요시다 마사오는 일본에서 매우 유명한 기업가다.

한번은 그가 아내와 함께 친지를 방문하러 필리핀에 갔다가 바닷가 바위틈에서 둘씩 짝을 이룬 작은 새우들을 발견했다.

신기하게 생각한 마사오가 현지의 어부들에게 물으니 그 새우들은 아주 어릴 때 해변의 바위틈으로 들어가 그 안에서 성장하는데, 다 자란 후에는 밖으로 나오지 못하고 그 안에서 서로 의지하며 산다는 것이었다.

며칠 후, 요시다는 마을 사람들이 그 새우들을 장난감으로 팔고 있는 것을 보았다. 하지만 모두들 구경만 할 뿐 사려는 사람은 없었다.

요시다는 이 새우를 팔려면 그것들의 특징을 확실히 부각시켜야만 한다는 사실을 상인 특유의 예리함으로 알아차렸다. 어떤 방법을 써야 좋을까? 그때 번개처럼 요시다의 뇌리를 스치는 생각이 있었다.

'사랑 새우라고 이름 붙이면 어떨까?'

손바닥 크기도 안 되는 작은 생명으로 태어나 죽는 날까지 서로 변치 않는 사랑을 나누는 것이 마치 사랑하는 부부를 닮아 있지 않은가? 때문에 요시다는 이런 특징을 잘 살려서 홍보한다면 분명히 시장성 높은 상품이 될 수 있을 것 같았다.

도쿄로 돌아온 요시다는 서둘러 결혼기념품을 파는 상점을 개업하고, 이 새우들을 가져다 팔기 시작했다. 그는 이 새우들의 특징을 부각시키기 위해 새우가 살 수 있는 작은 집까지 만들어주고 '백년해로의 집'이라고 이름 붙였다.

과연 그의 예상은 적중했다. '사랑 새우'는 순식간에 도쿄에서 가장 유명한 결혼기념품이 되었고, 요시다의 사업은 체인점을 몇 개씩 내도 물량을 충분히 공급할 수 없을 정도로 번창하였다.

지극히 평범한 물건이라도 독특한 아이디어만 덧붙이면 소중한 물건으로 재탄생할 수 있다. 옥도 조각하기 전에는 여느 돌멩이들과 별반 다를 것이 없다. 아이디어가 무궁무진하고, 평범한 물건에 영혼을 부여하는 재주가 있다면 성공은 따라오게 마련이다.

038

와트

남의 단점에서 기회를 찾다

영국의 발명가 와트는 스무 살 이전에 영국 글래스고 대학에서 학내 기기를 수리하는 일을 하고 있었다. 그런데 하루는 학교에 있던 뉴커먼 증기기관이 고장이 나 와트가 수리를 맡게 되었다.

와트는 수리 과정에서 뉴커먼의 증기기관에 결정적인 결함이 있다는 사실을 발견하였다. 증기통이 외부로 드러나 있어 주변의 찬 공기의 영향을 받아 온도가 떨어진다는 것이 문제였다. 이런 상태에서는 증기통에 들어간 증기가 곧 물로 변하여 열효율이 크게 떨어진다. 결과적으로 4분의 3의 증기가 낭비되는 셈이었다. 와트는 뉴커먼 증기기관을 개조해 열효율을 높여야겠다고 결심했다.

그 후 와트는 증기기관을 어떻게 개조할 것인지를 두고 깊은 고민에 빠졌다. 도서관에서 수많은 자료들을 뒤지고 자세히 연구했지만, 뾰족한 방법이 생각나지 않았다.

그러던 어느 화창한 여름날 이른 아침이었다. 와트는 교정을 천천히 거닐며 증기기관 개조 방법에 대해 생각하고 있었다. 주변의 사물들은 태양이 떠오르면서 점점 더 광채를 뿜어내고 있었다. 그런데 갑자기 전광석화처럼 그의 뇌리를 스치는 생각이 있었다.

'증기통의 외부에 응축기를 달아 증기통과 응축기를 분리시키면 열의 낭비를 막을 수 있지 않을까?'

와트는 갑자기 미친 사람처럼 작업실로 뛰어갔다. 그러고는 그때부터 식음을 전폐할 정도로 연구에만 전념했다.

며칠 동안 계속된 실험 끝에 와트는 드디어 기존의 증기기관보다 열효율이 훨씬 높은 신형 증기기관을 탄생시켰고, 1769년에는 '화기의 증기와 연료 소모율을 낮출 수 있는 새로운 방법'이라는 제목의 특허를 따낼 수 있었다.

그 후 와트는 여러 차례 증기기관을 개량하여 공업은 물론 농업에까지 널리 보급시켰고 산업혁명의 발전에도 지대한 공헌을 했다. 훗날 사람들은 와트를 '증기기관의 왕'이라 부르며 위대한 발명가로 칭송했다.

문제나 결함이 있는 곳에 바로 기회가 있다. 많은 사람들이 이 점을 쉽게 간과한 채, '무'에서 '유'를 창조하려고 한다. 하지만 이런 노력은 종종 아무 보상도 받지 못하고 수포로 돌아가곤 한다. 다른 사람들의 문제점, 혹은 부족한 점에서 출발한다면 남들이 노력해서 쌓아놓은 성과를 이용할 수 있기 때문에 처음부터 남들보다 훨씬 앞선 위치에서 시작할 수 있다.

039

후지다 덴

인격으로 승부한다

1965년 후지다 덴은 와세다 대학 경제학과를 졸업하고 한 전기회사에서 아르바이트로 일을 시작했다.

그는 1971년에 창업을 하기로 맘먹고 맥도날드의 패스트푸드 체인점을 운영하기로 결심했다.

맥도날드는 세계적인 기업이므로 상당한 자금력을 갖추지 않고서는 체인점을 내기가 어려웠다. 하지만 당시 후지다 덴은 대학을 졸업한 지 얼마 되지도 않은 데다가 별 볼일 없는 임시직원이었기 때문에 모아놓은 돈이라고 해야 5만 달러가 전부였다. 게다가 집안 형편이 넉넉하지 못해 도움을 받을 수도 없었다. 당시 맥도날드의 가맹점을 운영하려면 본사에 75만 달러를 현금으로 납부하는 것은 물론, 중급 이상의 은행에서 신용보증을 해주어야 했다.

자금이 턱없이 부족했지만, 그의 결심은 흔들리지 않았다. 이 사업에 막대한 발전 가능성이 있다고 판단했기 때문이다. 그는 곧 친지와 친구들을 찾아다니며 돈을 빌리기 시작했다.

그렇게 다섯 달 동안 동분서주했지만, 그가 모은 돈은 고작 4만 달러가 전부였다. 이런 식으로 75만 달러를 채우는 것은 불가능해 보였다. 만약 다른 사람이었다면 좌절하고 꿈을 포기했을 것이다. 하지만 후지다 덴은 포기하지 않았다.

어느 날, 후지다 덴은 스미토모 은행을 찾아가 은행장실의 문을 두드렸다. 사실 그곳은 그가 갈 만한 곳이 아니었다. 그에게는 담보로 제공할 만한 그 어떤 자산도 없었으니 은행에서 자금을 대출받을 자격이 되지 않았기 때문이다. 그런데도 그는 용감하게 은행장실로 들어섰다.

후지다 덴은 은행장에게 창업에 대한 자신의 확고한 의지와 상세한 계획을 진지하게 설명했다.

하지만 은행장의 대답은 "돌아가서 기다리세요. 생각해보고 연락을 드리겠소"라는 말뿐이었다.

아무리 긍정적으로 해석해도 완곡한 거절이 분명했다. 후지다 덴은 실망했지만 좌절하지 않고, 잠시 후 침착하고 솔직한 태도로 말했다.

"제가 지금 가지고 있는 오만 달러의 예금액이 어떻게 마련된 것인줄 아십니까?"

"글쎄요. 어디 한번 말씀해보시오."

"그 오만 달러는 제가 지난 육 년간 매달 저축해서 모은 돈입니다. 저는 육 년간 매달 월급의 삼분의 일을 꼬박꼬박 저축해왔습니다. 스스로 세운 이 규칙을 단 한 번도 어긴 적이 없습니다. 그 기간 동안 몇 번이나 힘든 상황이 찾아왔고, 숱한 좌절의 위기를 넘겼습니다. 하지만 그럴 때마다 이를 악물고 욕망을 억제하며 버텼습니다. 계획에 없던 큰 지출이 생긴 적도 있었지만, 그때에도 저축 계획을 지키기 위해 부끄러움을 무릅쓰고 친구에게 돈을 빌렸습니다. 제가 오랫동안 저축 계획을 지킬 수 있었던 것은 대학을 졸업하던 그날, 십 년 안에 십만 달러를 모아 그 돈으로 회사를 창업하고 출세하기로 한 결심 때문입니다. 그런데 지금 창업의 기회가 찾아왔습니다. 목표했던 자금을 모두 모으진 못했지만, 결심을 지키려면 계획을 앞당겨야만 합니다."

은행장의 태도가 사뭇 달라졌다. 그는 후지다 덴의 진지함과 성실함에 매료되었고, 결국 후지다 덴이 계좌를 가지고 있는 은행 지점이 어디인지 자세히 물은 후, "젊은이, 오후에 답변을 해주겠소. 기다리시게"라고 말했다.

후지다 덴이 돌아가자, 은행장은 그가 계좌를 가지고 있는 은행으로 직접 가서, 그의 저축 현황을 알아보았다.

그가 후지다 덴의 이름을 대자, 은행 여직원은 대뜸 이렇게 말했다.

"후지다 덴 씨 말씀이세요? 그분은 제가 만난 사람 가운데 가장 의지력이 강하고 예의 바른 사람이랍니다. 지난 육 년 동안 비가 오나 눈이 오나 언제나 같은 날 같은 시간에 와서 예금을 하셨어요. 그분의 성실함에 두 손 들었을 정도라니까요."

여직원의 말에 은행장은 크게 감동하며, 곧장 후지다 덴에게 전화를 걸어 아무 조건 없이 그의 창업 자금을 지원해주겠다는 뜻을 밝혔다.

은행장은 감격스런 말투로 자금 지원 이유에 대해 이렇게 설명했다.

"난 올해로 쉰여덟이 되었다네. 나이로 따지면 자네의 두 배이고, 월급으로 따지면 자네의 삼십 배지. 하지만 현재 내 은행 잔고는 자네보다 적네. 사실 부끄러운 일이지만, 자네에게 탄복하지 않을 수 없군. 자네처럼 성실하고 의지가 강한 젊은이라면 안심하고 돈을 빌려줄 수 있겠어. 그리고 난 자네가 반드시 성공할 거라고 장담하네. 열심히 해보게나."

역시 스미토모 은행장에게는 사람을 알아보는 눈이 있었다.

훗날 후지다 덴은 일본 맥도날드의 최고 경영자 자리에 올랐고 '긴자의 유대인'으로 불리며 존경받는 부호가 되었다.

훌륭한 성품은 소중한 재산이다. 사람들은 늘 성품이 고상하고 훌륭한 사람에게 도움의 손길을 내밀기 때문이다.

플라톤

040

모두들 불가능하다고 말하는 일을 포기하지 않는다

성공의 비결에 대해서라면 여러 가지 요건을 들 수 있겠지만, 그 가운데 '끝까지 포기하지 않고 노력해야 한다'는 사실이 포함된다는 점을 부인하는 사람은 없을 것이다.

고대 그리스 철학자인 소크라테스가 어느 날 학생들에게 한 가지 과제를 내주었다. 바로 팔 앞뒤로 흔들기를 매일 3백 번씩 반복하라는 것이었다. 너무도 간단하고 쉬운 일이었기에 제자들은 모두 할 수 있다며 자신 있게 대답했다.

일주일 뒤, 소크라테스가 제자들을 불러 물었다.

"내가 시킨 대로 매일 삼백 번씩 하고 있는 사람은 손을 들어보아라."

열 명 중 아홉 명이 자랑스럽게 손을 들었다.

다시 한 달이 지나, 소크라테스가 다시 물었을 때에는 열 명 중 여덟

명 정도가 손을 들었다.

그런데 1년 후 소크라테스가 제자들에게 똑같은 질문을 하자 제자들 가운데 단 한 명만이 손을 들었다. 그가 바로 훗날 대철학자가 된 플라톤이었다.

위대한 인물과 보통 사람의 차이가 바로 여기에 있다.

누구나 스스로를 위해 계획을 세우곤 한다. 마라톤 선수가 되고 싶은 사람은 매일 몇 킬로미터를 달리겠다는 계획을 세우고, 영어를 유창하게 하고 싶은 사람은 매일 영어 단어 몇 개씩을 암기하겠다는 계획을 세우고, 또 작가가 되려는 사람들은 매일 몇 장의 글을 쓰겠다고 결심한다. 하지만 안타깝게도 많은 사람들이 이러한 계획을 꾸준히 실행하지 못한다. 계획을 실행하지 못하면 자연히 마음에 품었던 꿈도 물거품이 된다. 사실 성공하는 방법은 그리 복잡하고 어려운 것이 아니다. 남들이 꾸준히 하지 못하는 일을 포기하지 않고 계속하면 성공할 수 있다.

041 록펠러

앞선 안목을 가지다

록펠러는 불모지와 다름없던 석유 업계에서 성공의 기회를 거머쥔 사람이다. 그는 당시 미국인들 가운데 전등을 사용하는 사람이 극소수에 불과하다는 점에 주목했다. 원유 매장량은 풍부하지만, 원유를 정제하고 가공하는 방식은 여전히 원시적인 수준에서 벗어나지 못해 석유 생산량이 턱없이 적고, 사용할 때에도 안전상의 문제가 있다는 점, 바로 여기에 기회가 존재하고 있었다.

우선 그는 예전에 기계공장에서 함께 일한 적이 있는 기술사 사무엘 앤드루스를 동업자로 데려왔다. 1870년, 록펠러는 앤드루스가 발명한 새로운 원유 가공 방법을 이용해 처음으로 석유를 생산해낼 수 있었다. 그들이 정제해낸 석유는 품질이 우수했기 때문에 시장에 내놓자마자 날개 돋친 듯 팔려나갔다.

얼마 후 그는 또 다른 동업자를 한 명 영입했는데, 바로 금융가 헨리

플래글러였다.

하지만 얼마 지나지 않아 앤드루스가 당시 상황에 불만을 터뜨리며 동업을 포기하겠다고 선언하자 록펠러가 그에게 물었다.

"자네의 공헌에 대해 내가 어떤 보상을 해주길 바라나?"

앤드루스는 망설임 없이 자신의 요구를 드러냈다.

"백만 달러."

그로부터 24시간도 안 되어 록펠러는 거금 100만 달러를 앤드루스에게 건네며 말했다.

"천만 달러도 아니고 백만 달러라니 결코 많은 액수는 아니군."

그 후 그리 길지 않은 20년이란 기간 동안, 고정자산이 1천 달러에 불과했던 이 작은 정유공장은 수익이 눈덩이처럼 불어나면서 9천만 달러의 자산을 자랑하는 '스탠더드 석유 트러스트'로 성장했다. 당시 스탠더드 석유의 한 주당 주가는 170달러였고, 기업의 시장가치 총액은 1억 5천만 달러에 달했다.

큰돈을 벌지 못한다고 조급해하지 말자. 재산은 멀리에서 오는 것이다. 일단 큰 기회를 잡았다면 눈앞의 작은 이익에 의연해져야 한다.

042

아사노 소이치로

하찮은 것에서 가치를 찾다

일본 아사노 시멘트의 창업주인 아사노 소이치로는 스물세 살이 되던 해, 더이상 기울 데를 찾을 수 없을 만큼 낡은 옷을 입고 고향인 후지산 부근에서 도쿄로 상경했다. 당시 그는 좌절과 실망감에 가득 차 있었다. 무일푼에 변변한 일자리 하나 구할 수 없었던 그는 한동안 굶기를 밥 먹듯 하며 지내야 했다.

"물이라도 팔아 장사를 해야겠어."

어느 날부턴가 그는 길가에 자리를 잡고 물을 팔기 시작했다. 장사에 필요한 물통이며 바가지, 잔 등은 모두 길에서 주운 것들이었다.

"자, 시원하고 달콤한 물이 있습니다. 물 사세요. 한 잔에 1분分. 1元=10角=100分입니다."

아사노는 있는 힘껏 목청을 높여 소리쳤다. 결과는 예상을 훨씬 뛰어넘었다. 물에 설탕을 조금 섞었더니 곧 돈이 된 것이었다. 첫날에만 6

각角 7분어치의 물을 팔았다. 그동안 산전수전을 겪으면서 고생하던 아사노는 세상에서 가장 간단한 이 장사로 더이상 굶지 않게 되었다.

아사노는 이렇게 2년 동안 물을 팔아서 모은 적지 않은 돈으로 스물다섯 살이 되던 해에 석탄 가게를 열었다.

서른 살이 되던 해, 당시 요코하마 시장이 그가 필요 없는 물건을 가지고 가치를 창출하는 능력이 있다는 소문을 듣고 특별히 그를 불렀다.

"자네가 폐품을 잘 이용해 돈을 버는 재주가 있다고 하더군. 혹시 사람의 인분을 이용할 수 있는 방법은 없겠나?"

"한두 집의 인분만으로는 돈을 벌 수 없지만, 수천 명의 대소변을 모은다면 적지 않은 돈을 벌 수 있을 것입니다."

"수천 명의 대소변이라고? 그걸 어떻게 모으지?"

"공동변소를 지으면 되지요."

그 후 요코하마에 일본 최초로 63개의 공중화장실이 지어졌다. 아사노가 일본 공중화장실의 시조인 셈이다. 공중화장실이 모두 지어지자, 아사노는 1년에 4천 엔으로 인분을 수거할 수 있는 권리를 다른 사람에게 양도하고, 2년 후에는 일본 최초의 인조비료회사를 설립했다.

놀랍게도 일본 최대의 시멘트 회사인 아사노 시멘트의 창업 자금은 바로 이 공중화장실의 인분을 팔아 모은 것이었다.

세상의 모든 것이 가치를 지니고 있다. 필요 없다고 버려진 폐품도 예외는 아니다. 중요한 것은 하찮은 것을 보물로 만드는 아이디어를 가지고 있느냐, 하는 것이다.

043 다나카 마사카즈

가난뱅이에서 백만장자로

1955년, 일본 도쿄 나카노구에 다나카 마사카즈라는 가난한 지식인이 살고 있었다. 직업도 없고 가진 돈도 한 푼 없었던 그는, 매일 집 안에 틀어박혀 '철산염 자석'이라는 것을 만드는 데만 몰두했다. 이웃들은 그런 그를 보고 정신 나간 사람이라고 손가락질했다.

그러던 중 다나카는 신경통을 앓게 되었고, 온갖 치료법을 동원했지만 도무지 차도가 보이지 않았다. 당시 그는 목요일이 되면 늘 자신이 만든 자석들을 가지고 오오이大井의 공업실험소에 가서 시험을 했는데, 그러다 우연히 목요일만 되면 신경통 증세가 다소 완화된다는 사실을 발견하게 되었다.

강한 호기심이 발동한 다나카는 반창고를 이용해 신경통이 심한 자신의 손목에 일정한 간격을 두고 다섯 개의 작은 자석을 붙여보았다. 그런데 정말로 통증이 훨씬 줄어드는 것이었다. 그는 곧장 특허를 신청했다.

사실 원리는 간단했다. 자석의 N극과 S극을 서로 교차시켜 배열하면 자성이 인체에 작용하게 되는데, 인체에는 각종 혈관들이 복잡하게 얽혀 있기 때문에 혈액에 자성이 흐르면서 미세한 전류가 생성된다. 바로 그 전류가 통증을 완화하고 병을 치료하는 효과를 내는 것이다.

특허권을 획득한 뒤, 다나카는 사방에 여섯 개의 작은 자석이 박힌 붕대 모양의 자기치료대를 개발했다. 과연 제품이 시장에 출시되자마자 폭발적인 반응이 일어났다. 전국적으로 제품이 날개 돋친 듯 팔려나갔고, 생산 공장에서는 직원들이 1일 3교대로 일하며 쉬지 않고 기계를 돌려도 여전히 물량이 부족했다. 한창 많이 팔릴 때에는 1주일에 2억 엔의 매출고를 기록하기도 했다. 머지않아 다나카는 백만장자가 되었다.

자기 혼자만이 발견한 기회가 바로 가장 큰 기회다. 기회는 언제나 우리 주위에 있다. 단지 그것을 알아보는 안목을 갖춘 사람이 너무 적다는 사실이 문제다.

044

빅토르 그리냐르

반성의 힘

빅토르 그리냐르는 1912년에 노벨 화학상을 수상한 유명한 유기화학자다. 그가 이런 성과를 거둘 수 있었던 데에는 물론 각고의 노력도 있었지만, 한 여인의 '자극'도 결코 무시할 수 없는 요인이었다.

그리냐르는 유복한 가정에서 태어나 젊은 시절 특별히 하는 일 없이 한가로운 생활을 누리던, 그야말로 한량이었다.

그러던 어느 날 그리냐르는 성대한 파티에 참석했다가 젊고 아리따운 아가씨를 보고 첫눈에 반했다. 하지만 그리냐르의 프러포즈에 그녀가 보인 반응은 너무도 냉담했다.

"부탁인데 나한테 가까이 오지 않았으면 좋겠군요. 난 당신 같은 바람둥이는 딱 질색이에요!"

지금까지 그리냐르의 접근에 이토록 차갑게 등 돌린 여성은 단 한 명도 없었다. 그리냐르는 몽롱한 상태에서 뒤통수를 한 대 맞은 듯 정신이 번쩍 드는 것을 느꼈다. 비록 화가 머리끝까지 치밀어 오르기는 했지만 그는 이성을 잃지 않았고 곧 자기 자신을 냉정하게 돌아보았다.

지난날 자신의 생활에 대한 후회와 부끄러움이 밀려들었다. 그는 얼마 후 가족들에게 보내는 편지에서 이렇게 다짐했다.

"앞으로 열심히 학문을 닦아 큰 업적을 세울 것입니다. 믿어주세요."

그는 훗날 정말로 성공했다.

반성이 인생의 큰 전환점이 되는 경우가 종종 있다. 하지만 많은 사람들이 조롱당하고 자존심에 큰 상처를 받은 후에도 자신을 되돌아보거나 반성하지 않는다. 자신에게는 아무런 문제도 없으며 그저 자신을 조롱하고 비난한 사람이 문제라고 여기는 것이다.

045 아치볼드

모든 일을 진지하게 처리하다

기회는 누구에게나 공평하다. 그것은 마치 부드러운 고무찰흙과 같아서 어떤 결과가 나올지는 만드는 사람의 생각에 달려 있다. 그러므로 일상생활에서 부딪히는 사소한 일이라도 결코 소홀히 대해서는 안 된다. 하찮아 보이는 일들이 성공을 가능하게 해줄 수도 있기 때문이다.

아치볼드는 미국 스탠더드 석유회사의 말단 직원이었다. 하지만 그는 언제 어디서든 서명을 할 일이 있으면, 자신의 이름 뒤에 회사의 표어인 '한 통에 4달러인 스탠더드 석유'라는 글귀를 덧붙였다. 그러다보니 동료들 사이에서 그는 '한 통에 4달러'라는 별명으로 불리게 되었다.

이 이야기는 당시 스탠더드 석유의 사장인 록펠러의 귀에도 들어가게 되었다. 록펠러는 곧 아치볼드를 자신의 사무실로 불러 물었다.

"남들이 '한 통에 4달러'라고 자네를 부르는데 왜 화를 내지 않는가?"

아치볼드가 대답했다.

"'한 통에 4달러'는 우리 회사의 표어가 아닙니까? 남들이 저를 그렇게 부를 때마다 무료로 회사를 광고하는 셈인데 화를 낼 이유가 없지 않습니까?"

록펠러는 크게 감탄하여 "언제 어디서든 회사를 홍보하려는 자네가 바로 우리 회사에 진정으로 필요한 직원이네"라고 말했다.

그로부터 5년 후 록펠러가 퇴직하자, 아치볼드는 스탠더드 석유회사의 사장이 되었다. 그가 사장의 자리에 오를 수 있었던 것이 그가 열심히 회사를 홍보했기 때문임은 두말할 나위도 없다.

아치볼드는 이렇게 강조했다.

"내가 성공한 이유는 바로 남들이 하찮게 생각하는 일을 중요하게 생각했기 때문이다. 자신에게 특별하고 대단한 일이 돌아오지 않는다는 이유로 좌절하지 말고, 작은 일에도 최선을 다하라. 훗날의 성공은 바로 그 하찮아 보이는 일들로 인해 실현될 것이다."

자신에게 특별하거나 대단한 일이 맡겨지지 않는다고 좌절해서는 안 된다. 기회는 큰일에만 수반되는 것이 아니며, 별 볼일 없어 보이는 작은 일이 한 사람의 운명을 바꿔놓을 수도 있기 때문이다. 물론 여기에는 하찮아 보이는 일들을 포함한 모든 일에 최선을 다해야 한다는 전제가 깔려 있다.

마리 퀴리

046

4년간의 땀의 결실

퀴리 부인으로 더 잘 알려진 마리 퀴리가 실험실에서 자루 안에 든 역청 우라늄광을 커다란 솥에 쏟아 붓고, 굵은 막대기로 휘저으며 끓이는 장면은 과학사에서 영원히 잊히지 않을 한 순간으로 기록되어 있다.

마리 퀴리는 라듐이라는 새로운 원소를 이론상으로 발견했지만, 실제로는 이를 증명하지 못했다. 이 때문에 파리 대학 이사장으로부터 실험실과 실험장비, 그리고 인력을 지원해줄 수 없다는 통보를 받았다. 하지만 그녀는 아무도 사용하지 않는 학교의 한 귀퉁이에서 비바람조차 막지 못하는 낡은 천막집을 발견하고, 그곳을 실험실로 삼아 연구를 계속해 나갔다.

그녀는 꼬박 4년 동안 이곳에서 연구에 매진했는데, 처음 2년간은 역청 우라늄광을 용해하고 분리시키는 작업에 몰두했다. 화학공장에서나 할 법한 힘든 작업이었지만, 퀴리는 1,000일이 넘도록 밤을 새워가며 연구에 매달렸다.

결국 그녀는 쌓아놓으면 작은 동산을 이룰 정도로 많은 8톤의 우라늄광 찌꺼기를 분리시켜, 작은 비커에 담길 정도로 소량의 액체를 얻어냈다. 이론상 이것을 다시 작은 결정체로 분리해내기만 하면 새로운 원소인 라듐을 얻어낼 수 있었다.

퀴리는 끓어오르는 흥분을 가까스로 억누르며 기대와 환희가 가득 찬 눈으로 작은 비커 안을 가만히 들여다보았다. 하지만 4년간의 땀과 8톤의 역청 우라늄광을 쏟아 부어 얻어낸 결과는 뜻밖에도 지저분한 찌꺼기뿐이었다.

다른 사람 같았으면 분명 불같이 화를 내며 당장 그 비커를 던져 부숴버렸겠지만, 퀴리는 그렇게 하지 않았다.

그녀는 피곤한 몸을 이끌고 집으로 돌아가 잠자리에 누운 채 비커 안에 들어 있던 찌꺼기와 실패의 원인을 곰곰이 헤아렸다.

"실패의 원인을 찾아낼 수만 있다면, 그 실패가 무의미하지는 않을 텐데. 그런데 어째서 백색이나 무색의 결정체가 아니라 지저분한 찌꺼기만 남았을까? 분명 라듐이 추출되어야 하는데 말이야."

퀴리는 스스로에게, 그리고 남편인 피에르 퀴리에게 질문을 던졌다. 그런데 그때 갑자기 눈앞에 섬광이 번쩍였다.

'어쩌면 라듐은 내가 예상했던 대로 백색이나 무색의 결정체가 아닐지도 몰라!'

그녀는 자리를 박차고 일어나 곧장 실험실로 달려갔다. 실험실 문을 열 새도 없이 그녀는 문틈으로 자신의 위대한 '발견'을 바라보았다. 실험실 안은 칠흑같이 컴컴했지만 비커 안에 든 그 '찌꺼기'만은 밝게 빛나고 있었다. 그것이 바로 강력한 방사능을 가진 원소, 라듐이었던 것이다.

냉정함을 잃어버리면, 특히 실패 앞에서 냉정함을 유지하지 못하면 실패를 반복하게 되고, 심지어는 영원히 실패할 가능성이 많다. 자신이 노력한 결과를 냉정하게 받아들이고 분석해야 한다. 너무 쉽게 '실패'로 단정 지으면 그 어떤 일도 성공할 수 없다.

유진 웨슨

047

대가에게 가르침을 청하다

미국의 화가 유진 웨슨은 젊은 시절, 스타일리스트와 직물업자들에게 디자인을 팔러 다니곤 했다. 그는 자신의 디자인을 팔기 위해 뉴욕의 어느 유명한 스타일리스트를 3년 동안, 단 한 주도 거르지 않고 매주 방문한 적이 있었다. 하지만 그 스타일리스트는 그의 스케치를 구경하기만 할 뿐 한 번도 사준 적이 없었다.

3년 동안 실패만 거듭한 끝에 웨슨은 한 가지 교훈을 얻어냈다.

어느 날 그는 미완성인 스케치 여섯 점을 가지고 그 스타일리스트를 찾아가 단도직입적으로 말했다.

"여기에 제가 스케치한 미완성 디자인 여섯 점이 있습니다. 어떻게 해야 이 디자인을 잘 완성시킬 수 있을지 말씀해주시겠습니까?"

스타일리스트는 잠시 동안 아무 말 없이 스케치를 바라보더니, "며칠 후에 와서 찾아가게나"라고 말했다.

사흘 후, 이 스타일리스트는 다시 찾아온 웨슨에게 자신의 생각을 찬찬히 설명해주었고, 웨슨은 그의 아이디어에 따라 스케치를 완성시켰다. 과연 결과는 어땠을까? 두말할 것도 없이 디자인 여섯 점을 모두 그에게 팔 수 있었다.

살다보면 많은 부분에서 벽에 부딪히게 되는데, 상대에게 거절당하는 것은 상대의 진정한 생각을 이해하지 못했기 때문인 경우가 많다. 상대방과 의견을 교환할 수 있는 방법을 생각해보고, 상대방의 생각을 인정해야 자신도 상대에게 인정받고, 또 받아들여질 수 있다.

048

하이든

의미 있게 작별하다

'교향곡의 아버지'라 불리는 세계적인 음악가 하이든은 한때 헝가리 에스테르하지 공작의 후원 아래 궁정악단 악장을 맡은 적이 있다.

그런데 하루는 공작이 느닷없이 궁정악단을 해산시키겠다고 선언했다. 악단의 해산은 하이든을 포함한 모든 악사들이 일자리를 잃어버린다는 것을 의미했다.

갑작스런 비보에 악사들은 앞으로 어떻게 생계를 꾸려야 할지 막막할 따름이었다. 한 번 결정한 것은 절대 번복하지 않는 공작의 성격을 익히 알고 있었던 악사들은 아무리 설득하고 애원한다 해도 공작의 마음을 돌릴 수 없다는 생각에 거의 체념한 상태였다.

하이든도 수년간 동고동락한 동료들과 헤어질 생각을 하니 비통한 심정을 달랠 길이 없었다. 해결방법을 찾기 위해 곰곰이 궁리하던 그에게 한 가지 묘안이 떠올랐다. 하이든은 곧 펜을 들어 거침없이 오선지에 음표들을 그려나갔고, 이렇게 해서 완성된 음악이 바로 그 유명한 '고별교향곡'이다.

곡이 완성되자 하이든은 공작에게 마지막으로 특별 공연을 선사하겠다고 했다.

그날 밤, 공작을 위한 마지막 연주라는 생각에 악사들은 모두 침통한 심정이었지만 그동안 공작과 쌓은 정을 생각해 최선을 다해 연주했다.

곡의 도입부에서 경쾌하고 아름다운 선율로 공작과의 끈끈한 정과 따뜻한 우정을 표현하자, 공작은 크게 기뻐했다. 하지만 후반부로 갈수록 곡의 분위기가 점점 어두워졌고, 마지막에는 슬픈 선율이 넓은 홀을 가득 채웠다.

그런데 그때 한 악사가 연주를 멈추고 보면대 위에 있던 촛불을 불어 끄더니 공작에게 허리를 깊이 숙여 인사를 하고는 천천히 연주회장을 빠져나갔다. 그리고 잠시 후 또 한 명의 악사가 같은 방식으로 자리를 떠났다. 악사들은 그렇게 한 명씩 한 명씩 자리를 떠났고, 마지막으로 넓은 홀 안에 하이든 혼자만이 남게 되었다.

하이든도 다른 악사들처럼 말없이 연주장을 나서려 할 때, 공작이 감격스러운 목소리로 하이든을 불러 세웠다.

"하이든, 이게 어찌 된 일인가?"

하이든이 공손하게 대답했다.

"저희 악사들이 공작님께 드리는 마지막 작별 인사입니다."

이미 두 줄기 눈물이 공작의 두 뺨을 타고 흘러내리고 있었다.

"아닐세! 내게 다시 생각할 시간을 주게!"

결국 고별교향곡의 독특한 분위기가 공작의 마음을 흔들었고, 그 덕분에 악사들은 모두 예전처럼 궁정에 남아 음악을 연주할 수 있었다.

상처를 받고 이별하게 될 때, 예를 들어 일방적으로 헤어짐을 통보받거나 해고를 당할 때, 대부분의 사람들은 상대를 원망하며, 심지어는 보복을 하는 경우도 있다. 하지만 이것은 매우 어리석은 행동이다. 마지막이라고 할지라도 서로 아름다운 이별로, 훗날 가슴에 남을 수 있는 추억을 만드는 것은 어떨까? 정감 어린 이별, 정성스러운 이별이 때로는 상황을 반전시키는 힘을 발휘할 수 있다.

049

러셀 H. 콘웰

다이아몬드는 바로 발밑에 있다

러셀 콘웰이라는 목사는 대학에 진학하고 싶지만 돈이 없어 엄두를 내지 못하는 청년들이 꿈을 실현할 수 있도록 그들만을 위한 대학을 설립하려 했다. 그는 자금을 모으기 위해 각지를 돌며 강연회를 열기도 하고, 재력가들에게 도움을 요청했다. 하지만 절망스럽게도 5년 동안 동분서주하며 모은 돈은 1천 달러에도 미치지 못했다. 당시 대학을 하나 설립하자면 최소한 150만 달러는 있어야 했다. 콘웰은 실망감을 안고 교회로 되돌아갔다.

그런데 어느 날, 예배를 드리기 위해 교회로 가던 콘웰은 교회 주변의 풀들이 모두 시들어 말라 있는 것을 보고 문득 이상하다는 생각이 들어 정원사에게 물었다.

"왜 이곳의 풀은 다른 교회의 풀들만큼 잘 자라지 않는 거요?"

정원사는 대수롭지 않다는 듯이 대답했다.

"그거야 목사님이 다른 곳의 풀들과 비교를 하니까 그런 것이 아니겠습니까? 사람들은 늘 남의 집 앞마당에 있는 풀들을 부러워하며, 자기 앞마당의 풀도 그렇게 푸르기를 바라지만, 정작 풀밭을 관리하는 일에는 게으르지요. 남의 앞마당에 잔디가 가지런하게 자라 있다면 그 이면에는 풀밭을 가꾸기 위해 주인이 각별히 애쓴 사실이 숨어 있는 겁니다."

정원사의 몇 마디는 콘웰의 가슴에 큰 경종을 울렸다. 그는 무슨 생각이 들었는지 갑자기 교회 안으로 뛰어 들어가 설교를 위한 원고를 쓰기 시작했다.

"우리는 목표가 가까이 오기를 기다리면서 시간을 헛되이 보내곤 합니다. 왜 스스로 목표에 가까이 다가가기 위해 노력하지 않는 것이죠?"

콘웰은 계속해서 다음과 같이 써 내려갔다.

"한 농부가 다이아몬드를 캐내기만 하면 큰돈을 벌 수 있다는 말에 가지고 있던 땅을 모두 팔고는 고향을 떠나 전국 각지를 누비며 다이아몬드를 찾아다녔습니다. 하지만 그는 결국 실패했고, 가난과 병마에 시달리다 바다에 뛰어들어 스스로 목숨을 끊었죠. 그런데 아이러니하게도 그가 판 땅을 산 사람이 우연히 그 땅에서 이상하게 생긴 돌멩이를 발견했는데, 감정해보니 그것이 바로 다이아몬드였답니다. 그러니까 그 농부가 판 땅은 세계 최대의 다이아몬드 광산이었던 것이지요.

부자가 되기 위해 타지를 떠돌며 곳곳을 찾아 헤매는 것이 능사는 아닙니다. 자신의 땅에서 열심히 노력하는 것만으로도 부자가 될 수 있습니다. 부란 자신의 능력을 믿는 사람에게 저절로 따라오는 것이기 때문입니다."

그때부터 콘웰은 각지를 돌며 이 '다이아몬드 땅'에 관한 강연을 하는 데 전념했고, 7년 동안 800만 달러의 돈을 모을 수 있었다. 이 정도면 대학을 설립하고도 남을 만한 충분한 금액이었다. 이렇게 해서 설립된 대학이 오늘날 미국의 명문 대학 가운데 하나인 템플 대학교다.

한 사람의 평범한 소박한 이야기에서 우연하게 얻은 깨달음이 바로 템플 대학의 설립 기초가 된 것이다.

성공한 사람은 방법을 찾고, 실패한 사람은 핑계를 찾는다. 능력이 부족하다거나 본래 가진 것이 너무 적었다는 등 핑계를 대지 마라. 성공한 사람들도 처음부터 당신보다 특별히 유리한 조건을 가지고 있지는 않았다. '모든 것이 완벽하게 갖추어진 때는 영원히 오지 않는다. 큰일을 이룬 사람은 현재 처한 조건에서 새로운 역사를 창조해낸다.

050 링컨

실패는 성공의 어머니다

어떤 사람의 발자취다.

22세, 사업에 실패

23세, 주의회의원 선거에서 낙선

24세, 사업에 또 실패

25세, 주의회의원에 당선

26세, 연인 사망

27세, 신경쇠약과 정신분열증으로 힘겨운 나날을 보냄

29세, 의회의장 선거에서 낙선

34세, 국회의원 선거에서도 낙선

37세, 국회의원에 당선

39세, 국회의원 연임 실패

46세, 상원의원 선거에서 낙선

47세, 부통령 선거에서 낙선

49세, 상원의원 선거에서 또다시 낙선

51세, 대통령 당선

이 사람은 바로 미국 역사상 가장 위대한 대통령 가운데 하나인 에이브러햄 링컨이다. 그의 일생을 살펴보면, 실패한 경험이 대부분을 차지한다는 것을 알 수 있다. 하지만 그는 늘 실패를 딛고 일어나 다시 앞으로 나아갔다. 이것이 바로 그가 다른 실패자들과 다른 점이었다. 수차례 계속된 실패 속에서 단 한 번이라도 좌절하고 다시 일어나지 않았다면 훗날 그는 성공할 수 없었을 것이다. 그는 결코 포기하지 않았기에, 마침내 역사상 가장 위대한 대통령이 될 수 있었다.

성공으로 가는 길은 결코 직선으로 뻗어 있지 않으며, 곳곳에 실패의 기록들이 존재하게 마련이다. 성공한 사람들은 언제나 실패 속에서 경험과 교훈을 얻고, 실패한 경험을 소중한 재산으로 승화시킨다. 두려워해야 하는 것은 실패가 아니다. 정작 두려워해야 할 대상은 바로 실패가 아무런 가치도 없이 묻히고 마는 것이다.

051

셀리 제시 라파엘

하나님이 가지고 있는 절반을 내 것으로 만들다

한 방송국의 여성 진행자인 그녀는 무려 열여덟 번이나 해고당했고, 사람들로부터 형편없는 진행자라는 혹평을 받기도 했다.

푸에르토리코 출신의 그녀가 처음 미국의 한 라디오방송국에 지원했을 때, 방송국 사장은 단지 그녀가 여자이기 때문에 청취자들에 대한 흡인력이 떨어진다는 이유로 아주 당연하게 그녀를 탈락시켰다.

낙방의 고배를 마시고 고향으로 돌아온 그녀는 자신에게 행운이 다가오기를 간절히 기도했다. 하지만 그녀는 스페인어를 할 줄 몰랐기 때문에 언어 습득을 위해 3년이라는 시간을 보내야 했고, 푸에르토리코에 있는 동안 그녀가 한 가장 중요한 취재는 한 통신사의 의뢰를 받아 도미니카 공화국에서 일어난 폭동을 취재하는 것이 고작이었다. 심지어 출장비마저 자비로 충당해야 했다.

몇 년간 그녀는 쉴 틈 없이 일했고, 또 수없이 해고를 당했다. 어떤 방송국은 그녀가 프로그램 진행이 무엇인지조차 알지 못한다고 혹평을 퍼붓기도 했다.

1981년, 그녀는 뉴욕의 한 방송국에 어렵사리 일자리를 얻게 되었다. 하지만 이번에도 얼마 못 가서 "시대의 흐름을 따라가지 못한다"는 이유로 해고를 당했다. 그 후 그녀는 또 1년여 동안 실업자로 살아야만 했다.

언젠가 한 국영방송사 직원에게 프로그램 기획안을 보여주고 호평을 받은 적도 있었지만, 불행히도 그 직원이 회사를 그만두는 바람에 그 기획안은 채택될 기회마저 잃고 말았다. 다른 직원들에게도 기획안을 보여주었지만, 시큰둥한 반응만 돌아올 뿐이었다. 그런데 한 직원이 기획안은 채택할 수 없어도 취직은 시켜줄 수 있다며 그녀에게 정치 프로그램 진행을 제안했다.

정치에 문외한인 그녀였지만 생계를 생각하면 일자리를 거절할 수 없었기에 울며 겨자 먹기로 정치에 관한 지식을 공부해야 했다.

1982년 여름, 그녀는 정계 소식을 다루는 한 프로그램의 진행자가 되었다. 시청자들이 직접 전화를 걸어 대통령 선거 등 정치 이슈에 대한 생각들을 나누는 생방송 프로그램이었는데, 그녀는 노련한 진행 솜씨와 편안한 분위기로 단번에 시청자들을 사로잡았다.

더군다나 이런 방식의 프로그램은 지금까지 한 번도 시도된 적이 없었다. 그녀는 일약 스타덤에 오르게 되었고, 그녀의 프로그램은 전미 최고의 시청률을 기록하며 큰 주목을 끌었다.

그녀의 이름은 셀리 제시 라파엘이다. 프로그램 진행자 부문에서 이미 두 차례나 대상을 수상한 바 있는 그녀는 현재 자신이 기획한 프로그램을 진행하고 있다. 또 매일 8백만 시청자가 그녀가 진행하는 프로그램을 시청하고 있다. 미국 방송계에서 그녀는 높은 시청률의 보증수표로 불리며, TV는 물론 라디오에서까지 맹활약하며, 진행하는 프로그램마다 막대한 광고수입을 올리고 있다.

라파엘은 자신의 경력에 대해 담담한 어조로 말했다.

"난 평균 일 년 육 개월마다 해고를 당했어요. 내 인생이 그냥 그렇게 끝나버릴 것만 같았던 때도 있었죠. 하지만 난 하나님은 나의 절반만을 가지셨고, 내가 가진 나머지 절반은 내가 노력하는 만큼 점점 늘어나게 되어 언젠가는 하나님을 이기게 되리란 걸 믿었어요."

운명이 곳곳에 '막다른 길'이라는 팻말을 세워놓는 것은 그 길이 당신에게 어울리지 않기 때문이다. 당신에게 적합하고, 또 성공에 이를 수 있게 해주는 길은 반드시 있다. 하지만 그 길은 천 번째 길일 수도 있고, 만 번째 길일 수도 있다. 그 길을 찾는 유일한 방법은 끊임없이 시도하고, 실패할 때마다 다시 용감하게 일어서는 것이다.

052

미무라 젠조

닭을 빌려 알을 낳다

단 한 푼의 돈도, 단 한 뼘의 땅도 가지지 못한 가난뱅이가 단숨에 부동산개발회사의 사장이 되었다면 믿을 수 있겠는가? 하지만 이것은 전설이나 신화가 아니라 일본 부동산계의 큰손 미무라 젠조의 이야기다.

미무라는 부동산 개발이 해당 지역은 물론 자신에게도 큰 이익을 가져다주리라는 것을 알고, 토지에 대해 심도 있게 조사하기 시작했다. 산업화된 사회에서는 땅이 곧 돈이 된다는 사실을 알았던 것이다. 그런데 조사하던 중 회사를 창업하려는 사람들의 발목을 잡는 가장 큰 원인이 높은 지가라는 사실을 알게 되었다. 하지만 도시를 조금만 벗어나도 땅값은 그리 비싸지 않았으니, 잘하면 헐값에 토지를 구매할 수도 있었다. 사방이 다른 사람의 땅에 둘러싸여 있다든가, 아니면 외진 곳에 있어 교통이 불편하다든가, 혹은 사려는 사람이 없는 버려진 땅 등은 가격이 싸면서도 개발 가치가 충분했다. 이런 사실들을 알고 나자, 그의 머릿속에 기발한 계획이 떠올랐다. 이른바 '남의 닭을 빌려 알을 낳는' 계획이었다. 쉽게 말하면, 싼값의 토지를 개발해, 공장이 필요하지만 땅이 없어 짓지 못하고 있는 사람들에게 임대하는 것이었다.

미무라는 곧 계획을 실행에 옮겼다. 그는 값싼 땅을 가지고 있는 소유주들을 찾아다니며 그들에게 토지의 개조 및 이용 계획에 대해 설명했다. 그의 계획에 따르면 땅 주인들은 땅을 팔 필요도 없었다. 그 땅에 공장을 지어 기업가들에게 빌려줄 수 있도록 허락만 해주면, 매월 토지 임대료의 열 배에 달하는 돈을 지급하겠다는 제안이었다. 땅 주인들로서는 가만히 앉아 다달이 들어오는 거액의 임대료만 챙기면 그만이었으니, 이만큼 입맛 당기는 조건을 거부할 사람은 없었다.

토지 문제가 해결되자, 이제 공장이 필요한 기업가들을 찾을 차례였다. 그는 자신의 이름을 따 미무라부동산개발이라는 회사를 차리고, 적극적인 홍보활동을 펼쳤다. 값싼 땅에 공장을 지은 덕에 자연히 임대료가 대도시보다 훨씬 저렴해 그리 어렵지 않게 기업가들을 모을 수 있었다. 미무라는 곧 땅 주인과 자신, 그리고 기업가라는 3자의 이익분배 관계를 확실하게 규정했다. 미무라 자신은 공장을 임대한 기업가에게 임대료를 받고, 여기에서 토지임대 대행수수료와 공장건설비 분할상환금을 제외한 나머지를 땅 주인에게 준다는 내용이었다. 다시 말해 공장 임대료와 토지 임대료의 차액 가운데 공장을 지은 비용을 제외하고 남는 것은 모두 미무라의 몫이 되는 셈이었다.

땅 주인과 기업가는 이 분배방식이 매우 합리적이고 매력적이라고 여겨 흔쾌히 미무라와 계약을 체결했으며, 그 후 미무라는 은행에서 받은 대출금에 대한 이자를 한 번도 연체시키지 않고 납부했다.

과연 그의 계획은 성공이었다. '남에게 빌린 닭'이 '황금 알'을 낳기 시작한 것이다. 미무라 자신과 땅 주인, 기업가, 은행 모두가 만족스러운 수익을 본 것은 물론, 해당 지역의 경제를 발전시키는 효과까지 얻어 사회 각계의 전폭적인 지지와 찬사가 이어졌다. 자연히 미무라부동산개발회사는 빠른 성장 가도를 달리며, 1년 수입만 20억 엔을 돌파하기에 이르렀다.

탄탄한 자금이 확보되자, 더이상 은행에서 대출을 받을 필요가 없었다. 이제는 가만히 있어도 계약을 하겠다고 찾아오는 기업가와 땅 주인들이 연일 문전성시를 이루었다. 미무라는 이것을 기회로 점차 사업을 확장해 공장의 규모를 늘리다가 결국 대규모 공업단지를 지어 임대하기에 이르렀다.

마침내 미무라 젠조는 자기 자금은 한 푼도 없이 막대한 재산을 벌어들이고 백만장자의 대열에 합류할 수 있었다.

꼭 '알'을 가지고 있어야 하는 것은 아니지만, '닭'을 빌릴 수 있는 능력은 반드시 가지고 있어야 한다. 남의 닭을 빌려 알을 낳는 것은 성공한 사람들이 사용했던 아주 중요한 방법 중 하나다. 물론 여기에는 한 가지 전제조건이 있다. 닭을 빌릴 때 닭을 빌려준 사람에게도 이익이 돌아가야 한다는 사실이다.

053

엔리코 카루소

목표를 정하고 포기하지 않고 밀고 나간다

엔리코 카루소는 이탈리아의 유명한 테너 가수다. 그는 어려서부터 노래 부르는 것을 매우 좋아했지만, 사실 다른 사람들에게는 그의 노래를 듣는 것이 고역이었다. 어떤 이들은 카루소가 노래하는 소리가 바람에 찢어지는 종이 소리와도 같아 참기 힘들다고 혹평하기도 했다. 음악 선생님마저 그에게 "넌 노래에 소질이 없으니 다른 걸 하는 게 좋겠다"라고 진지하게 충고했다.

하지만 카루소는 실망하지 않고 성악에 대한 꿈을 포기하지 않았다.

성인이 된 그는 나폴리의 한 공장에서 일하며 틈틈이 노래를 연습했다. 어떻게 해서든 성악가가 되고 싶었던 그는 매일 밤 커다란 공연장의 무대 한가운데에서 열정적으로 노래하는 자신의 모습을 상상하곤 했다. 자신의 노래가 끝나면 곧 관중석에서 우레 같은 갈채가 터져 나오고, 수많은 아가씨들이 무대 위로 올라와 꽃다발을 안겨주었다. 때로는 상상만으로도 가슴이 벅차올라 두 눈에 눈물이 가득 고인 채로 "난 반드시 성공하고 말거야"라고 중얼거리며 잠이 들곤 했다.

피나는 연습과 각고의 노력 끝에 훗날 그는 정말로 유명한 테너 가수가 되었고, 그가 상상하던 장면이 눈앞에 현실로 펼쳐졌다. 그는 관중들의 박수갈채를 받으며 말했다.

"난 내 의지로 꿈을 이루었다."

불가능해 보이던 일도 강인한 의지 앞에서는 가능한 일이 된다. 실패하는 사람은 남이 안 된다고 말할 때 곧 포기하지만, 성공하는 사람은 남이 뭐라 하건 항상 끝까지 밀고 나간다. 이것이 바로 실패하는 사람과 성공하는 사람의 차이다.

실러

054

자신의 길을 가다

실러는 젊은 시절에 사관학교를 졸업한 후 슈투트가르트 연대에서 군의관으로 복무한 적이 있었다. 하지만 그는 그 시기에 몰래 자신의 처녀작인 희곡 『군도』를 창작했고, 이 희곡이 처음 공연될 때에도 객석에서 일반 관중들과 섞여 소리 없이 관람해야 했다.

감옥과 다를 바 없는 군대 안에서는 모든 행동이 제약을 받았고, 규율 속에 갇혀 어느 것 하나 자유롭게 할 수 없었다. 그는 그런 상황이 너무도 싫었고, 그럴수록 작가가 되겠다는 강렬한 열망은 점점 더 커져 갔다.

결국 그는 헐벗고 굶주린 생활을 할 수도 있다는 위험 요소를 감안한 채 문학 세계로 뛰어들었다.

다행히도 운명의 여신이 그의 재능을 알아보았는지, 그는 우연한 기회에 한 선량한 여성의 도움으로 두 편의 위대한 희곡을 완성할 수 있었다. 머지않아 그 작품들은 그를 이름난 극작가로 만들어주었고, 훗날 그는 괴테와 함께 독일 고전주의 문학의 거장으로 추앙받게 되었다.

재능을 낭비해서는 안 된다. 만약 현재 자신이 몸담고 있는 직업에서 재능을 온전히 발휘할 수 없다면, 자신에게 더욱 적합한 직업으로 바꾸는 것을 고려해야 한다.

베이컨

055

열정을 쏟아 붓다

베이컨은 본래 세인트루이스 프로야구단의 3루수였지만, 경기 도중 어깨에 공을 맞아 부상을 입는 바람에 선수 생활을 포기해야 했다. 그 후 그는 여러 직업을 전전했지만, 야구 외에는 변변한 전문지식이 없는 데다, 회사에서 일해본 경험도 없었기에 번번이 쫓겨나고 말았다.

그는 거의 자포자기한 심정으로 한 회사의 외판원으로 취직했다.

처음 열 달 동안 그는 태어난 이래 가장 암담하고 실의에 빠진 생활을 했다. 제품을 팔기 위해 동분서주했지만 돌아오는 것은 무관심과 냉대뿐이었다. 그는 발바닥에 물집이 잡히고 다리가 부러질 정도로 열심히 뛰어다녔지만 제품을 단 하나도 팔지 못했다. 베이컨은 외판원이라는 직업이 자신의 적성에 맞지 않는다는 결론을 내리고 다시 전직을 준비했다.

그러던 차에 베이컨은 우연히 데일 카네기가 개설한 한 교육 프로그램에 참가하게 되었다. 교육 시간 중 한번은 베이컨에게 수강생들 앞에서 연설할 수 있는 기회가 주어졌다.

연설 시간이 한 절반쯤 지났을까, 카네기가 갑자기 그에게 물었다.

"베이컨 씨, 지금 자신이 이야기한 것에 스스로도 흥미를 가지고 있소?"

"그거야 물론이죠!"

"그렇다면 더 열정적으로 말해보는 게 어떻겠소? 그렇게 무기력하고 생동감 없이 이야기해서 어떻게 청중들의 관심을 끌고, 공감대를 불러일으킬 수 있겠소? 내가 하는 것을 한번 보시오."

카네기는 곧 단상에 올라가 방금 전에 베이컨이 말했던 내용을 다시 이야기하기 시작했다. 그런데 신기하게도 방금 전에 이미 들었던 내용인데도, 수강생들은 카네기의 단어와 말투, 동작이 어우러진 활기차고 매력적인 연설에 점점 빠져드는 것이었다.

누구보다 놀란 이는 바로 베이컨이었다. 그는 같은 내용이라도 말하는 기교에 따라 상대를 사로잡을 수도, 외면받을 수도 있다는 사실을 처음 알게 되었다. 그리고 그 차이는 바로 열정에서 나오는 것이었다.

그 후 베이컨은 직업을 바꾸지 않고 영업 일을 계속하기로 마음먹고, '열정'을 자신의 좌우명으로 삼았다. 얼마 후, 그는 드디어 회사 최고의 영업사원이 되었다.

운명은 태도에 의해 결정된다. 열정이 충만해야 일에 완전히 몰입할 수 있고, 일에 완전히 몰입해야 최대의 성과를 거둘 수 있다. 실패자들은 대개 자신이 몸담고 있는 직업에 열정이 부족하며, 이에 반해 성공한 사람들은 열정으로 가득 차 있다.

베르나르 팔리시

056

고집스럽게 추구하다

1517년, 열여덟 살의 청년 베르나르 팔리시는 고향인 프랑스 남부를 떠나왔다. 그는 아무도 알아주지 않는 유리제품 화가였지만, 그의 가슴은 예술에 대한 열정으로 가득 차 있었다.

그러던 중 그는 아주 정교하게 만들어진 이탈리아제 유리잔을 보고 크게 매료되었고, 그때부터 그의 인생은 완전히 뒤바뀌었다. 이제 그의 마음은 예전과는 다른 열정에 휩싸였다. 바로 유약의 비밀을 밝혀내겠다는 것이었다. 그는 유약을 발라 구운 도기가 왜 그렇게 광택이 나는지 궁금해 미칠 지경이었다.

그는 유약의 성분을 분석하는 데 모든 시간과 정력을 쏟아 부었다. 급기야 직접 가마를 만들었지만 첫 번째는 실패로 돌아갔고, 두 번째로 만든 가마는 완성되기는 했지만, 연료와 시간은 물론이거니와 거기에 쏟아 부은 그의 전 재산마저 한 줌의 재도 남지 않고 완전히 타버렸다.

이제 연료를 살 돈조차 없으니 보통 가마를 이용할 수밖에 없었다.

그 후로도 그는 수없이 실패했지만 어떤 이유로 실패하든, 또 어떤 단계에서 실패하든 다시 처음부터 시작했다. 그리고 무수한 실패를 극복한 후, 마침내 영롱한 색채의 유약을 만들어냈다. 그는 여기서 그치지 않고 자신의 발명품을 좀더 개선시키기 위해 직접 벽돌을 쌓아 올려 유리가마를 만든 후, 가마의 성공 여부를 확인하기 위해, 엿새 동안 밤낮으로 지키고 앉아 가마에 불을 지폈다. 하지만 아무리 기다려도 유약은 용해되지 않았다. 무일푼이었던 그는 주변에서 돈을 빌려 도기와 목재를 사다가 유약의 용해를 도울 수 있는 물질까지 만들어냈다.

드디어 모든 준비를 다 끝내고 가마에 불을 지폈다. 그런데 연료가 다 타도록 아무런 결과도 나타나지 않는 것이었다. 그는 정원에 울타리로 쳐놓았던 나무들을 땔감 삼아 계속 불을 지폈다. 하지만 여전히 아무런 효과도 없었다. 집 안의 얼마 남지 않은 가구까지 부수어 불을 계속 지폈지만, 결과는 별반 다르지 않았다. 급기야 주방에 있던 그릇 진열대까지 뜯어내어 아궁이로 쓸어 넣었다.

그런데 그때 기적이 일어났다. 활활 타오르는 불길 속에 유약이 용해되기 시작한 것이었다. 마침내 유약은 그토록 단단히 싸매고 있던 베일을 벗고 그의 손안에 비밀의 열쇠를 쥐어주었다.

그 누구도 성공하기 전에는 무명일 수밖에 없다. 화려한 꽃장식과 향기로운 술도 자신에게까지 차례가 돌아오지 않으며, 박수갈채는 감히 기대할 수도 없다. 외로움을 감내하는 것은 성공을 위한 필수 조건이며, 조급하고 경솔한 사람, 다시 말해 무언가에 집착할 수 없는 사람은 성공에서 그만큼 멀어진다.

다니엘 K. 루드빅

057

미래의 선박을 담보로 대출을 받다

다니엘 K. 루드빅은 1897년 6월 미국 미시건 주에서 태어났다.

다니엘이 열 살 남짓 되었을 때, 그의 부모가 이혼하면서 그는 아버지를 따라 텍사스 주의 포트아서라는 작은 마을로 이주하게 되었다.

당시 그는 배에 단단히 매료되어 고등학교도 졸업하지 않은 채로 부두에 나가 일자리를 찾았다. 몇 년간의 우여곡절을 겪은 끝에 그는 한 해운회사에 취직하였고, 퇴근 후에는 시간제 아르바이트로 배에 각종 모터를 달아주는 일도 함께 시작했다.

열아홉 살 되던 해에 아르바이트 일감이 많아져 저녁 시간만으로는 부족해지자, 그는 회사를 과감히 그만두고 창업을 했다. 하지만 그 후 20년간 그는 적지 않은 부침과 기복을 겪으며 아무것도 이루지 못했고, 결국 남은 것은 산더미 같은 빚뿐이었다.

이제 불혹의 나이가 다 된 그는 자신의 사업 마인드에 문제가 있다고 판단했다. 사실 그동안 모든 일을 자기 혼자 힘으로 처리해야 한다고 생각해왔던 것이다. 그는 이제 자신의 방식을 바꿔 외부에서 도움을 받기로 결심했다.

다니엘은 우선 대출을 받아 화물선을 사서 유조선으로 개조하기로 했다. 석유 운반이 다른 화물 운반에 비해 훨씬 더 많은 돈을 벌 수 있었기 때문이다. 하지만 어디에서 돈을 빌린단 말인가? 여러 은행을 찾아다녔지만 그에게 선뜻 돈을 빌려주겠다는 곳은 없었다. 은행 직원들은 그의 허름한 행색을 위아래로 훑어보고는 대뜸 담보물이 있냐고 물었다. 하지만 그에게 담보물이 있을 리 만무했다. 그는 그야말로 무일푼의 빈털터리였다.

숱한 거절을 받으며 지쳐가고 있던 어느 날, 다니엘은 문득 '미래의 능력'이라는 것을 생각해냈다. 어째서 '미래의 능력'으로 도움을 청할 생각을 하지 못했을까? 그는 자신이 앞으로 가질 예정인 배를 조금 앞당겨 사용하기로 했다.

이튿날 그는 뉴욕의 체이스맨해튼 은행을 찾아가 자신이 낡은 유조선을 한 척 가지고 있는데, 그것을 인지도가 높은 한 석유회사에 임대해주고 있다며 대출을 요구했다. 대출 원금과 이자는 그 석유회사로부터 받는 선박 임대료로 갚아나가겠다는 것이 그의 설명이었다. 은행은 그에게 유조선이 있다는 사실과 그 유조선을 임대한 석유회사의 높은 인지도를 믿고 그에게 담보물 없이 대출을 해주겠다고 했다.

'미래의 능력'이 현재 효력을 발휘한 셈이었다.

그는 자신의 유조선이 '미래의 선박'이라는 사실을 은행이 눈치 채지 못하도록, 대출을 받은 후 재빨리 낡은 화물선을 사서 그럴듯하게 유조선으로 개조한 후 석유회사에 임대해주었다. '미래의 선박'이 '현재의 선박'이 되는 순간이었다.

그 후 그는 이 '현재의 선박'을 담보로 또 다른 은행에서 돈을 빌려 똑같은 방식으로 유조선을 임대 놓았다.

아주 짧은 시간에, 다니엘의 옷차림은 물론 자금 상황과 은행 신용도 역시 몰라보게 달라졌다.

그는 다시 한 번 '미래의 능력'을 이용하고 싶었지만, 이번에는 처음보다는 좀더 안정된 방법을 선택했다. 은행에 자신의 방법을 솔직하게 설명했던 것이다.

그는 유조선 한 척을 설계한 후 유조선이 완성되면 임대할 업체를 찾아 미리 임대계약을 체결했다. 그런 다음 임대계약서를 가지고 은행을 찾아가 유조선 건조비용을 대출해달라고 요구했다. 그가 제안한 대출 방식은 이른바 '상환 기한 연장 대출 방식'이었다. 이 방식에 따르면, 은행은 선박이 건조되기 전에는 대출 원금의 극히 일부만을 상환하고, 선박 건조가 완료된 후에는 선박을 임대해주고 받는 돈으로 나머지 대출금을 상환하는 것이었다. 대출금을 모두 갚고 나면 다니엘은 선박을 완전히 소유할 수 있었다.

따져보면 다니엘은 자기 돈 한 푼 안 들이고 선박을 가지게 되는 셈이었다.

그의 구상에 은행 직원 모두는 한동안 입을 다물지 못했다. 그동안 어느 누구도 이런 방법으로 사업을 한 적이 없었기 때문이다. 하지만 계산해보니 은행으로서도 손해 보는 장사가 아니었다. 아니, 오히려 유리하고 위험성도 크지 않은 방법이었다. 이 대출에는 두 개의 '안전

핀'이 있었기 때문이다. 하나는 다니엘이고, 다른 하나는 앞으로 선박을 임대할 기업이었다. 은행은 곧 다니엘의 대출 요구를 수락했다.

그 후 다니엘은 계속 이와 똑같은 방법으로 몇 건의 계약을 성사시켰고, 그가 세운 회사는 결국 5대양 6대주를 주름잡는 다국적 선박기업으로 성장했다.

다니엘의 기업은 세계 각지로 사업을 확대한 결과, 현재 수많은 호텔과 빌딩은 물론, 여러 개의 철강업체, 그리고 석유화학기업도 경영하고 있다. 바야흐로 다니엘은 그리스의 선박왕 오나시스와 비교해도 뒤지지 않을 정도로 세계적인 선단을 거느린 선주가 되었다.

지금 아무것도 가지지 못했다는 사실은 중요하지 않다. 중요한 점은 앞으로 얼마나 많은 것을 가질 수 있느냐다. 자신이 앞으로 막대한 것을 가지게 된다는 사실을 남들로 하여금 믿게 만들 수 있다면, 누군가는 당신이 미래를 가질 수 있도록 기꺼이 도와줄 것이다.

영거

058

흠집 난 사과

미국 뉴멕시코 주에 영거라는 과수원 주인이 있었다.

그의 과수원에는 사과나무가 심겨 있었는데, 어느 날 느닷없이 쏟아진 우박 때문에 사과들이 온통 상처투성이가 되고 말았다.

인근에 있던 과수원 모두 비슷한 피해를 입었고, 과수원 주인들은 하늘을 원망하며 망연자실할 뿐이었다. 하지만 영거는 이런 상황에서 기발한 아이디어를 떠올렸다.

그는 곧장 계약한 가격대로 사과를 전국 각지로 운반했다.

하지만 평소와 다르게 사과 상자에는 작은 카드가 한 장씩 끼워져 있었고, 그 카드에는 이렇게 씌어 있었다.

"친애하는 구매자 여러분, 제 사과가 상처를 입었습니다. 하지만 이것은 우박이 만든 걸작품이니 잘 감상하시기 바랍니다. 이것은 이 사과들이 고원에서 자란 특산물이라는 표시입니다. 사과를 직접 맛보면 바로 아실 것입니다."

반신반의하며 사과를 맛본 구매자들의 얼굴에 환희가 피어올랐다. 구매자들은 영거의 말대로 고원 지대에서 자란 사과의 진정한 맛을 경험할 수 있었다.

이것이 바로 갑작스레 닥친 위기를 약간의 포장으로 슬기롭게 넘긴 위기경영의 대표적인 예다.

그해, 영거는 예년보다 오히려 높은 매출을 올릴 수 있었다.

불행이 닥쳤을 때 세상이 불공평하다고 주저앉아 절망한다면 불행을 극복할 수 없을 뿐 아니라, 상황은 더욱 악화된다. 따라서 절망하기보다는 상황을 개선시키기 위해 노력하는 편이 훨씬 낫다. 다른 각도에서 문제를 바라보는 것이 때로는 상황을 반전시키는 가장 효과적인 방법이 되기도 한다.

버니 마커스

059

일자리를 잃고 창업하다

그날도 마흔아홉 살의 버니 마커스는 평소와 다름없이 출근길에 나섰다. 그는 지난 20년간 열심히 노력한 끝에 모두가 부러워하는 이사직에 올랐다. 일은 힘들었지만 그에게는 11년만 더 일하면 두둑한 퇴직금으로 안정된 노후를 보낼 수 있다는 희망이 있었다.

그런데 뜻밖의 불운이 찾아왔다. 바로 그날이 그의 마지막 출근이었던 것이다.

"당신은 해고됐소."

"뭐라고요? 제가 무슨 잘못이라도 했습니까?"

마커스는 자신의 귀를 의심했다.

"아니오. 당신에겐 잘못이 없소. 회사의 경영 사정이 좋지 않아 이사회에서 감원을 결정했을 뿐이오."

그랬다. 단지 그 이유 때문에 그는 존경받는 기업의 이사에서 하루아침에 거리의 실업자 신세로 전락하고 만 것이었다.

다른 실업자들과 마찬가지로 그 역시 한 가족을 책임진 가장이었기 때문에 서둘러 다른 수입원을 찾아야 했다. 그러나 딱히 갈 곳이 없었던 그는 로스앤젤레스에 있는 한 카페에 가서 몇 시간이고 앉아 있곤 했다. 그런데 하루는 그곳에서 우연히 오래된 친구를 만났다. 그 역시 이사직에 있다가 하루아침에 해고를 당한 친구로 이름은 아서 블랭크였다. 두 사람은 서로를 위로하며 함께 난관을 뚫고나갈 방법을 찾기 위해 고민하기 시작했다.

"우리가 직접 회사를 차리는 게 어떻겠나?"

마커스의 머릿속에서 불씨처럼 피어오른 이 생각은 깊이 숨겨져 있던 열정과 꿈에 활활 불을 지폈다. 두 사람은 곧 가정용 건축자재 유통회사를 설립할 계획을 세웠다. 두 전직 이사는 카페에 앉아 회사의 발전 계획을 세우고 가장 저렴한 가격과 우수한 서비스를 기업 이념으로 삼기로 하고, 이것을 곧장 실천에 옮겼다. 1978년 봄의 일이다.

이렇게 해서 그들이 창업한 회사가 바로 홈데포Home Depot다. 이 회사는 20년이라는 짧은 기간 동안 775개 매장과 16만 명의 직원을 거느리며, 연간 매출액이 3백억 달러에 달하는 세계 500대 기업의 대열에 올라서면서 세계 소매유통업 발전시에 길이 남을 기적을 이루었다.

운명이 당신 손안의 것을 빼앗아가는 까닭은 당신으로 하여금 더 가치 있는 것을 갖도록 하기 위함이다. 아무리 큰 충격을 받더라도 좌절하지 말고, 냉철함을 유지하며 그것을 새로운 시작점으로 받아들여야 한다.

바비 피셔

060

패배로 승리를 거머쥐다

1972년에 열린 국제체스대회에서 바비 피셔라는 선수가 그동안 한 번도 이기지 못했던 세계 챔피언 스파스키를 누르고 우승을 차지했다. 피셔가 승리할 수 있었던 데에는 먼저 양보하고 나중에 공격하는 전략이 주효했다.

대회가 열린 당일, 경기 시작 시간이 다 되도록 바비 피셔는 나타나지 않았다. 상대 선수인 스파스키는 은근히 초조함을 감추지 못했다. 심지어 한 친구는 그에게 경기를 보이콧하라고 권유하기도 했다.

경기 시작 시간을 1분 남겨놓았을 때, 드디어 피셔가 나타났다. 그런데 그는 도착하자마자 경기장 조명이 눈이 부시다는 등, 카메라 돌아가는 소리가 너무 크다는 등, 의자가 불편하다는 등 말도 안 되는 불평을 늘어놓기 시작했다.

이어서 첫 번째 대국이 시작된 지 얼마 지나지 않아 피셔는 치명적인 악수를 두고 말았다. 그의 체스 인생을 통틀어 가장 어처구니없는 수였다. 일부러 경기에 질 생각이 아니라면 그런 수를 둘 리가 없다고 말하는 사람들도 있었다. 하지만 스파스키가 아는 피셔는 단 한 번이라도 일부러 져줄 사람이 아니었다. 일부러 지기는커녕 패배가 분명한 경기라 할지라도 쉽게 승복하지 않는 사람이었다. 하지만 그날따라 피셔의 행동은 너무도 이상했다.

결국 첫 대국은 스파스키의 승리로 힘없이 끝이 났다. 경기에 진 피셔는 더욱 신경이 날카로워졌다. 눈에 띄는 것, 발에 차이는 것은 무엇이든 그의 분풀이 대상이 되어버렸다. 스파스키는 피셔의 컨디션이 좋지 않은 모양이라고 짐작할 뿐이었다.

그런데 두 번째 대국에서도 피셔는 제시간에 나타나지 않았고, 결국 피셔의 기권패가 선언되었다. 이제 스파스키는 피셔의 기분이 저조하다는 것을 확신했다.

세 번째 대국이 시작되었을 때, 피셔는 또다시 악수를 두었다. 그런데 스파스키가 피셔의 예상 밖 행동에 당황했을 때는 이미 피셔가 경기에서 승리한 뒤였다. 너무도 순식간에 벌어진 일이었기에 스파스키는 자신이 어떻게 패배했는지조차 제대로 이해할 수 없었다.

그 다음 대국에서도 스파스키는 어처구니없는 실수로 패배하고 말았다. 이미 평정심을 잃은 것이었다.

여섯 번째 대국이 끝났을 때, 스파스키는 패배의 눈물을 흘렸고, 여덟 번째 대국이 끝났을 때에야 비로소 그는 피셔의 작전을 간파할 수 있었다. 바로 처음에 일부러 져주어 상대의 마음을 혼란스럽게 하려는 속셈이었던 것이다. 스파스키는 심리적으로나 전략적으로나 모두 피셔에게 패배한 셈이었다. 하지만 후회해도 이젠 너무 늦은 뒤였다.

사실 피셔는 처음부터 컨디션이 좋았고, 또 안정적인 심리 상태를 유지하고 있었다. 지각하고 불평을 늘어놓고, 또 일부러 져준 것은 모두 그러한 전략을 숨기기 위한 연극이었다.

반면 스파스키는 한 번도 진 적이 없는 상대의 돌출 행동에 처음부터 마음이 흔들렸다. 심지어 열네 번째 대국이 진행될 때쯤엔 누군가가 자신의 오렌지주스에 독약을 타놓았다거나, 사람을 질식시키는 화학물질을 공기 중에 뿌려놓았다거나, 혹은 자신을 해치기 위해 의자에 특수 장치를 해놓았을지도 모른다는 불안감에 휩싸였다. 그의 요구에 따라 음료수와 공기를 검사하고, 심지어 X레이까지 동원해 의자를 투시해 보았지만 아무런 문제가 없었다.

그러나 이런 전문적인 조사도 스파스키의 불안감을 불식시킬 수는 없었다. 그는 심지어 일종의 환각 증세까지 일으키는 바람에 중도에 패배를 인정하고 기권했다.

이 대회로 인해 스파스키는 자신을 단 한 번도 이겨보지 못했던 피셔에게 졌을 뿐 아니라, 자신의 체스 인생까지 마감해야 했다.

그는 그 후 체스계에서 완전히 종적을 감추었다.

피셔는 승리의 일부를 포기해 최후의 승자가 되었다. 성공하는 사람들은 중요한 것과 덜 중요한 것을 정확하게 판단하고, 부차적인 것을 포기해 결정적인 것을 얻는다. 하지만 실패하는 사람들은 일의 경중을 구분하지 못한 채 사소한 것에 얽매여 일 전체를 그르치는 실수를 저지른다.

061

리바이 스트라우스

청바지를 발명하다

1880년, 미국 서부에 이른바 '골드러시'가 일어났다. 당시 스무 살이었던 리바이 스트라우스도 이 대열에 합류해 금을 찾고자 캘리포니아로 떠났다. 하지만 그는 금광을 찾으러 온 수많은 사람들의 열악한 생활을 본 후에, 금광을 찾겠다는 꿈을 포기하고, 대신 일상용품을 파는 가게를 개업했다.

리바이의 가게에 진열된 물건 중에는 야영용 천막과 마차 덮개로 사용되는 캔버스 천도 있었는데, 어느 날 가게를 구경하던 한 광부가 무심코 말했다.

"이 천으로 바지를 만들면 아주 좋겠군요. 면으로 만든 바지는 너무 쉽게 찢어지거든요. 이렇게 튼튼한 천을 사용한다면 아주 잘 팔릴 거예요."

이 말을 들은 리바이는 시험 삼아 캔버스 천으로 바지를 만들어 팔아

보았다. 그런데 광부들의 반응이 예상보다 훨씬 좋아 바지는 금세 동이 났고, 리바이는 어렵지 않게 짭짤한 수익을 올릴 수 있었다.

리바이는 바지를 판 돈으로 캘리포니아에 의류점을 열어, 마차 덮개용 천으로 만든 바지를 본격적으로 팔기 시작했다. 그리고 금광을 캐는 광부들의 특성에 맞추어 바지 디자인을 개선했다. 엉덩이 부분에 주머니를 만들고, 실로 봉제를 하는 대신 금속으로 된 작은 징을 박았으며, 구리와 아연을 섞은 합금으로 된 단추를 달았다. 또 중요한 부위에는 가죽을 덧대었다.

훗날 그는 프랑스 님 지방에서 생산한 저지 원단을 사용해 좀더 몸에 딱 맞도록 디자인을 개선했다. 오늘날의 청바지는 이렇게 해서 만들어진 것이다.

청바지는 출시되자마자 광부들은 물론 대학생을 비롯한 젊은층으로부터 폭발적인 인기를 누렸다. 이 선풍적인 미국발 유행은 머지않아 유럽과 아시아, 아프리카, 남미로 퍼져나갔다.

최초로 청바지를 생산한 회사인 '리바이 스트라우스 인터내셔널'은 현재 세계 각지에 35개의 마케팅 센터를 두고, 12개국에서 생산 공장을 운영하고 있으며, 모든 나라에 판매망을 구축해놓고 있다. 또한 연간 매출액이 5억 4천만 달러에 달하는 세계 500대 기업 중 하나로 우뚝 서 있다.

수요가 바로 기회이자 시장이다. 만약 모든 사람이 필요로 하는 것이라면, 설령 그것이 아주 사소한 필요라고 할지라도 거기에는 거대한 시장이 존재한다.

062

조지 허버트

대통령에게 도끼를 팔다

미국의 브루킹스 연구소는 세계적인 세일즈 전문가들을 양성하기로 유명한 곳이다. 이 연구소는 1927년에 설립된 이래, 수많은 백만장자들을 배출해왔다.

브루킹스 연구소에는 한 가지 전통이 있다. 바로 매 학기 수강생들이 졸업할 때마다, 각자의 세일즈 능력을 잘 드러낼 만한 실습 과제를 부여하고 이를 완성하도록 하는 것이다.

부시 대통령이 취임했을 당시, 이 연구소에서 졸업을 앞둔 수강생들에게 제시한 과제는 바로 대통령에게 도끼를 팔아보라는 것이었다.

많은 수강생들이 온갖 방법을 동원해 대통령을 찾아갔지만, 단 한 명도 성공하지 못했다. 대통령에게는 부족한 것이 없었고, 또 설령 필요한 것이 있다고 해도 직접 나서서 살 필요가 없었기 때문이다. 그러나 한 수강생이 뜻밖에도 부시 대통령에게 도끼를 파는 데 성공했다. 그의 방법은 아주 간단했다. 그는 대통령에게 이런 내용의 편지를 보냈다.

"한번은 각하 고향의 목장을 지나다가 목장 안에 여러 그루의 소나무가 심겨 있는 것을 보았습니다. 그런데 그중 몇 그루는 이미 말라 죽어 있었습니다. 그것을 보고 각하께 도끼 한 자루가 필요하다는 사실을 알게 되었습니다. 그런데 현재 각하의 체구에는 시중에 나와 있는 도끼들이 너무 가볍습니다. 각하께는 날이 그리 예리하지 않은 낡은 도끼가 필요합니다. 저에게 각하께 아주 잘 어울릴 만한 도끼 한 자루가 있습니다. 저의 조부께서 물려주신 도끼인데, 소나무를 베기에는 아주 적격이지요. 관심이 있으시다면 이 편지 봉투에 적힌 제 사서함 주소로 답장을 보내주시기 바랍니다."

부시 대통령은 이 편지를 받고 곧장 답장과 함께 도끼 가격인 15달러를 동봉해 그에게 보냈다.

이 수강생이 바로 브루킹스 연구소로부터 '가장 위대한 영업 컨설턴트'로 평가받은 조지 허버트다.

당신이 무엇을 가지고 있는지, 무엇이 필요한지는 중요하지 않다. 중요한 것은 남들에게 무엇이 부족한가, 남들이 필요로 하는 것이 무엇인가이다. 이른바 '기회를 창조한다'는 것은 바로 다른 사람들의 수요를 창출해내고, 그 수요를 만족시켜 그 가운데에서 이익을 얻는 행위를 뜻한다.

루이스 카루스 브라보

063

우스운 이야기를 팔다

브라질에 루이스 카루스 브라보라는 기업가가 있었다. 어느 날 그는 극장에 공연을 보러 갔다가 우스운 장면을 연출하는 배우들 앞에서 관객들이 배꼽을 쥐고 웃는 모습을 보았다. 다른 관객들은 배우들의 행동이 재미있다며 그저 한바탕 웃고 지나쳤지만, 루이스는 달랐다. 그는 '우스운 이야기'가 돈 되는 '상품'이라는 것을 단번에 알아차렸다.

자세한 연구와 분석을 거친 후, 그는 독특한 전화서비스 상품을 고안해냈다. 그런 다음 '우스운 이야기 회사'라는 이름의 기업을 창립했다.

그는 가능한 모든 방법을 동원해 세계 각국의 우스운 이야기를 담은 500여 권의 책을 수집했다. 그러고는 그중에서 가장 재미있는 이야기들만 추려낸 후, 전문가에게 맡겨 영어로 번역했다. 그러면서 본래의 재미를 살리는 것도 잊지 않았다.

원고가 완성되자 그는 코미디 배우들을 섭외해 이 이야기를 모두 녹

음했고, 이것을 새로운 전화번호에 연결해놓았다. 이제 사람들은 이 전화번호를 통해 언제든 우스운 이야기를 들을 수 있었다.

물론 전화를 걸어 이야기를 들을 때마다 비용을 지불해야 했다. 하지만, 지금까지 이런 서비스가 없었기 때문에 사람들은 이 시도를 신선하게 받아들였고, 자연히 루이스는 제법 짭짤한 수익을 올릴 수 있었다.

그는 시장을 독점하기 위해 브라질 지적재산국에 특허를 신청했고, 그 후 사업이 점점 번성하면서 16개국에서 특허를 출원하기에 이르렀다. 또 브라질 300개 도시의 전화국과 계약을 맺고 특수 장비를 설치함으로써 서비스를 확대해갔다.

국내에서 인기를 끌자 그는 영국과 일본, 독일, 프랑스, 그리스, 아르헨티나, 칠레, 스페인 등 해외 시장까지 진출해 연간 3천만 달러가 넘는 수입을 올릴 수 있었다.

우리 주변의 많은 사람들은 흔히 성공할 수 있는 기회가 없다며 불평을 늘어놓는다. 그러나 사실 기회는 어디에나 있다. 단지 기회를 발견하는 안목이 부족할 따름이다. 세심한 관찰력과 주의력을 가진다면, 남들이 크게 신경 쓰지 않는 곳에서 자신만의 기회를 찾고, 성공의 길에서 남보다 훨씬 앞서게 될 것이다.

휴 헤프너

064

『플레이보이』를 창간하다

『플레이보이』는 미국에서 발행량이 가장 많은 간행물 중 하나로 가장 인기가 있을 때는 미국에서만 발행량이 800만 부에 달했다. 1953년에 창간된 이 잡지는 현재 자본금이 2억 달러에 달하며, 9개 국어로 발간되어 2,500만의 독자를 거느리고 있다. 거의 기적에 가까운 이러한 성공 이면에는 손해를 감수하면서까지 판로를 개척하기 위해 투자를 아끼지 않은 한 사람의 노력이 있었다.

『플레이보이』를 창간한 사람은 휴 헤프너라는 전직 잡지사 기자였다. 그는 자신의 출중한 재능을 알아주지 않는 회사 때문에 박봉에 시달린다고 늘 불평하며, 편집장에게 월급을 40달러 인상해달라고 요구했다. 그러나 편집장은 콧방귀만 뀔 뿐 그의 요구를 들어주지 않았다. 그는 무시를 당한 것에 단단히 화가 나 그 자리에서 사표를 던졌다. 회사를 나와 그가 한 일은 바로 잡지사를 차리는 것이었다. 이 잡지가 바로 『플레이보이』다.

하지만 잡지를 창간했을 당시 헤프너의 자금력은 매우 빈약했다. 변변히 가진 돈이 없었던 그는 가족과 친구, 이웃들에게 돈을 변통해 겨우 2천 달러를 마련했고, 나머지 자금은 주식 발행을 통해 조달했다.

창간호의 원고와 삽화는 그가 직접 취재하고 작성했기 때문에 그리 많은 돈이 들지 않았지만 그 다음이 문제였다. 인쇄 비용만 6천 달러가 넘었던 것이다. 그런 상황에서 그는 한 장에 5백 달러나 하는 마릴린 먼로의 사진을 구매해 표지에 실었다. 모두가 무모한 행동이라며 말렸지만, 결과는 그가 옳았음을 증명해주었다.

헤프너는 훗날 "그 사진은 돈과는 결코 비교할 수 없을 만큼 나에게 큰 도움을 주었습니다"라고 회고했다.

처음에는 그도 성공하리라는 믿음이 없었기 때문에 잡지를 많이 인쇄하지 않아, 창간호의 발행부수는 53,991권에 불과했다. 하지만 창간호가 예상외의 성과를 거두자 헤프너도 조금씩 자신감이 붙기 시작했고, 가장 인기 있는 기사를 작성한 직원에게 높은 성과급을 지급하는 인센티브 방식을 도입했다.

1960년대, 그는 잡지의 격조를 높이기 위해 헤밍웨이나 존 스타인벡, 알베르토 모라비아 등 명망 있는 작가들의 작품을 실었다. 헤프너가 그들에게 지불한 원고료는 가히 파격적이라고 할 만큼 비쌌다. 보통 한 편당 15,000~16,000달러에 달했고, 때로는 원고지로 열 장밖에 되지 않는 원고에 16,000달러를 지급하기도 했다. 이 정도면 다른 잡지사 원고료의 몇 배에 달하는 액수였다. 그러나 바로 이것이 『플레이보이』의 명성을 일궈내는 데 가장 큰 공헌을 한 요인이었다.

눈덩이도 굴려야 커지듯, 돈 역시 회전할수록 그 가치가 불어난다. 쓰지 않고 단단히 쥐고만 있으면 시간이 갈수록 돈의 가치는 점점 줄어든다. 성공하는 사람은 기회를 정확히 붙잡은 후 모든 것을 아낌없이 쏟아 붓지만, 실패하는 사람은 늘 손안에 쥔 것을 놓치지 않기 위해 그저 손을 꼭 쥐고 있다. 이것이 성공한 사람과 실패한 사람의 가장 큰 차이점이다.

065

다가와 히로시

미래의 유망 상품을 예측하다

일본의 니시키라는 기업은 직원이 30여 명에 불과한, 우비를 만드는 작은 회사였다. 그런데 매출이 부진해 경영난에 직면하자, 사장인 다가와 히로시는 우비 대신 다른 제품을 생산하기로 결정했다. 하지만 어떤 제품을 생산할지가 문제였다.

고심하던 다가와는 우연히 인구조사 자료를 보고, 일본에서 해마다 250만 명의 신생아가 태어난다는 사실을 알게 되었다.

신생아 한 명이 1년에 기저귀를 두 개씩만 사용한다 해도 연간 기저귀 총 소비량이 500만 개에 달한다는 계산이 나온다. 여기에 해외 수출량까지 더하면 매출량은 더 엄청날 터였다. 이내 그는 기저귀를 생산하기로 결심했다.

몇 년 후, 이 회사는 일본 기저귀 시장 총 매출의 30%를 차지하며 업계 1위로 떠올랐다.

자연히 사장인 다가와는 세계 기저귀 업계의 유명인사가 되었다.

'인기 없는 업종'이란 단지 사람들이 관심을 갖지 않는 업종, 혹은 찾는 사람이 적은 업종을 의미하는 것이 아니라, 앞으로의 가능성을 알아보는 사람이 없다는 것을 뜻할 뿐이다. 앞으로 가장 호황을 누릴 수 있는 유망 업종은 바로 현재 가장 인기가 없는 업종이다.

066

오나시스

중동의 석유 운송권을 획득하다

1953년 태양빛이 작열하던 어느 여름날, '떠다니는 궁전'이라고 불릴 정도로 세계에서 가장 호화로운 요트 '크리스티나호'가 사우디아라비아 지다항으로 들어왔다. 이 유람선은 그리스 선박왕 오나시스가 사랑하는 딸의 이름을 따서 만든 것이었다. 유람선 안에는 오나시스와 그의 아내가 타고 있었는데, 그들이 이 뜨겁고 메마른 땅으로 온 까닭은 바로 풍부한 석유 때문이었다.

중동의 석유 생산량은 세계 석유 총 생산량의 70%를 차지한다. 그중에서도 사우디아라비아가 가장 풍부한 매장량을 자랑하고 있다. 하지만 이곳의 석유 채굴권은 미국의 석유회사인 사우디 아람코가 장악하고 있었다. 사우디 아람코는 최소한의 채굴 비용만으로 중동의 어떤 지역에서든 마음 놓고 석유를 채굴해 세계 각지로 실어 나르며 폭리를 취했다.

이 모든 것이 엄격한 계약에 의해 이루어졌기 때문에 다른 업체는 끼어들 엄두도 낼 수 없었다. 하지만 이 계약 조건을 꼼꼼히 읽어보던 오나시스는 한 가지 허점을 발견했다. 사우디 아람코가 석유 채굴권을 가지고 있기는 했지만, 석유를 운반할 때는 반드시 미국 국적의 유조선을 이용해야 한다는 규정이 있었던 것이다. 오나시스는 여기에서 뚫고 들어갈 수 있는 빈틈을 발견했다.

오나시스는 아내를 유람선에 남겨두고 사우디아라비아의 수도 리야드에 있는 국왕을 찾아가 말했다.

"귀국이 석유 생산을 통해 막대한 부를 창출하고 있다는 사실은 익히 알고 있습니다. 그런데 왜 석유 운송에서 생기는 이익은 포기하고 계신 겁니까?"

이 물음에 나이 든 국왕의 귀가 솔깃해졌다.

오나시스는 또 모래바람이 거세게 부는 사우디아라비아의 깊숙한 내륙으로 들어가 강한 반미 감정을 가지고 있는 한 마을의 지도자에게 말했다.

"사우디아라비아에서 스스로 선단을 조직한다면 미국의 통제에서 완전히 벗어나는 것은 물론이고, 막대한 수익까지도 덤으로 얻게 될 것입니다."

이 말이 지도자의 반미 감정을 더욱 격화시켰다.

그는 수도로 되돌아가 이번에는 왕세자인 파흐드 빈 압둘 아지즈에게 이렇게 권유했다.

"머지않아 국왕으로 즉위하신 후 나라와 국민들에게 이익이 되는 일을 하셔야 되지 않겠습니까? 자체적으로 선단을 조직하는 것이야말로

나라와 국민들의 이익에 부합하는 일일 것입니다."

때마침 신하와 국민들로부터 강한 신임을 얻을 획기적인 수단이 필요했던 황태자는 국왕보다도 훨씬 적극적인 반응을 보였다.

오나시스가 사우디아라비아를 방문한 지 얼마 지나지 않아 사우디아라비아의 노왕이 서거하고 왕세자가 국왕에 즉위했다. 이제는 오나시스의 계획대로 착착 진행되는 일만 남아 있었다.

1954년 1월 20일, 오나시스는 사우디아라비아와 '지다협정'을 체결했다. 협정 내용은 사우디아라비아 국왕과 오나시스가 공동투자를 통해 유조선해운회사를 설립하고, 이 회사가 사우디아라비아에서 채굴되는 모든 석유의 수송권을 독점한다는 것이었다. 오나시스는 사우디아라비아와 이권을 함께 나눔으로써 사우디 아람코로부터 석유 운송권을 빼앗아 올 수 있었다.

홀로 영웅이 되면 영예와 이익을 독차지할 수 있겠지만, 실패할 경우에 돌아오는 타격도 그만큼 막대하다. 강한 적수를 만났을 때에는 혼자서 총대를 메고 응전하려 하지 말고, 가능한 한 많은 지원군을 확보하는 것이 효과적이다.

하이만

067

작은 발명이 운명을 바꾸다

가난한 화가 하이만은 심혈을 기울여 그림을 그리고 있었다. 그러던 중 그림을 수정하려는데 아무리 찾아도 지우개가 보이지 않았다. 한참 만에 지우개를 찾아 수정할 곳을 지우고 나니 이번에는 또 연필이 보이지 않았다.

연필을 찾다가 지친 하이만은 자신의 손에 들려 있는 지우개를 물끄러미 바라보았다.

'지우개를 잃어버리지 않을 방법이 없을까?'

일순간 그는 무릎을 탁 쳤다.

'지우개에 실을 묶어 연필에 매달아놓으면 어떨까?'

그는 곧장 지우개에 실을 묶은 다음 연필에 매달았다. 그러나 이 방법은 그리 견고하지 못해 몇 번만 사용해도 지우개가 곧 떨어져버렸다. 이번에는 양철 조각을 이용해 지우개를 연필 끝에 단단히 고정시켰다.

그러자 튼튼하게 고정된 지우개는 쉽사리 떨어져나가지 않았고 그림을 지우기에도 훨씬 편리했다. 하이만은 이 연필을 상품화시킨다면 화가들은 물론 학생들에게도 큰 호응을 얻을 것이라고 생각했다.

하이만은 친구에게 돈을 빌려 이 지우개 연필에 대한 특허를 출원했고, 얼마 후 리버칩이라는 연필회사에 그 권리를 팔았다.

화가라는 직업만으로는 제대로 입에 풀칠도 할 수 없었던 하이만은 이 지우개 연필 하나로 단번에 55만 달러를 벌어들일 수 있었다.

자신이 생각해낸 물건이 정말로 쓸모 있고, 많은 사람들에게 편리함이나 이득을 줄 수 있다면 그 아이디어를 제품으로 만들어내는 것 역시 성공하는 하나의 방법이다.

이반 4세

068

후퇴를 통해 전진하다

이반 4세는 보좌에 오르자마자 대대적인 개혁의 칼을 빼들었다. 하지만 아직 권력 기반이 약한 데다가 최상층 귀족 계급으로부터 강한 견제를 받고 있었다. '보야르'라고 불리는 이 계급은 그의 권력을 제압하고 백성들을 억압하며 이반에 대항했다.

1564년 12월 3일, 이반은 갑자기 왕궁을 떠나 모스크바 남부에 있는 마을 알렉산드로프로 거처를 옮겼다. 그는 이런 행동에 대해 아무런 설명도 하지 않았다. 사람들은 이반이 잔혹한 보야르 계급에 권력을 넘기지 않을까 두려워했고, 러시아는 무정부 상태로 빠져들었다.

1565년 1월, 이반은 백성들에게 보내는 편지를 통해 보야르가 자신의 뜻을 거역하고 배신했기에 퇴위를 결정했노라고 선포했다. 이러한 그의 결심 속에는 그들에 대한 분노와 함께 자신이 믿을 수 있는 것이라고는 오직 하층민들뿐이라는 개탄이 구구절절 묻어 있었다.

이반의 공개 편지는 백성들의 가슴을 울렸고, 감정이 격화된 백성들은 너도나도 거리로 몰려나와 보야르를 겨냥하여 시위를 벌였다. 백성들의 시위와 폭동이 이어지자 두려움을 느낀 귀족들은 이반에게 왕궁으로 돌아와 달라고 간청했다.

하지만 그리 쉽게 돌아갈 것이었다면 애초에 떠나지도 않았을 그였다. 이반은 왕위 복귀의 선결 조건으로 자신에게 절대 권력을 부여하고, 자신이 완전한 나라의 통치자로서 군림할 수 있어야 한다고 못 박았다. 보야르의 어떤 간섭도 용납하지 않겠다는 것이었다. 이대로 가면 내전이 일어날지도 모른다는 위기감이 동토를 들끓게 할 판이었다.

궁지에 몰린 보야르 계급은 울며 겨자 먹기 식으로 그와 타협했고, 러시아의 거의 모든 귀족과 백성들은 그에게 모스크바로 돌아와 법률을 만들고 질서를 다시 잡아달라고 애원했다.

그해 2월, 성대한 축제와 더불어 드디어 이반이 모스크바에 입성했다. 국가의 모든 권력이 그의 두 손에 쥐어진 것은 물론이다. 그것은 바로 그의 목적이기도 했다.

상대와 대립하고 있을 때, 일시적으로 후퇴하는 것 또한 승리의 비결이 될 수 있다.

드위트 월리스

069

『리더스 다이제스트』를 창간하다

『리더스 다이제스트』는 미국에서 발행을 시작한 우편 판매 잡지다.

이 잡지의 창간인은 드위트 월리스와 그의 약혼녀 에치슨이었다. 그들은 각종 매체에 게재된 훌륭한 글들을 모아 잡지로 만들면 독자들로부터 큰 호응을 얻을 것이라 생각하고, 1930년 이러한 방식으로 한 권의 잡지를 만들었다. 이것이 최초의 『리더스 다이제스트』였다.

출판사들의 반응은 예상외로 시큰둥했다. 찾아가는 출판사마다 그들의 잡지에 별다른 관심을 보이지 않았다.

하지만 그들은 단념하지 않았다. 그로부터 2년 뒤 그들의 결혼식 날, 두 사람은 자비로 발간한 창간호를 전화번호부에 적힌 불특정 다수의 주소로 무작정 보냈다. 그들은 보내는 잡지마다 회신용 엽서를 한 장씩 동봉했는데, 잡지를 읽어보고 구독을 원할 경우 그 엽서와 함께 구독료를 보내달라는 의도였다.

그들이 달콤한 신혼여행을 마치고 돌아왔을 때, 그들의 눈앞에는 기적이 펼쳐져 있었다. 편지함 속에 모두 1천 5백 통의 구독엽서가 수북이 쌓여 있었던 것이다.

이렇게 시작된 『리더스 다이제스트』는 현재 세계 최다 발행부수를 자랑하며 40개국에서 20종의 언어로 발간되고 있다.

기회는 남들이 쉽게 발견하지 못하는 곳에 있다. 설령 기회를 발견했다고 하더라도 절대다수는 모험을 무릅쓰려고 하지 않거나, 과감한 행동으로 기회를 재산으로 바꿀 용기를 발휘하지 못한다. 성공한 사람이 적은 이유가 바로 여기에 있다.

070

찰스 R. 슈왑

몰두하여 성공하다

한 소년이 있었다. 이 아이는 작문 시험에서 줄곧 낙제를 면치 못했고, 시험지는 언제나 선생님의 빨간 글씨로 온통 난도질된 채 그에게 돌아왔다. 게다가 읽고 쓰는 속도마저 매우 느려 선생님이 고전명작을 읽어오라는 과제를 내주면 만화로 된 책을 읽어 내용만 겨우 이해하고 넘어가야 했다.

그는 늘 입버릇처럼 중얼거렸다.

"머릿속에는 생각이 가득 차 있는데 글로 쓸 수가 없어."

훗날 그는 의사에게서 '난독증'이라는 생소한 병명을 판정받았다. 난독증이란 듣고 말하는 데는 어려움이 없지만 문자 판독에 이상이 있는 희귀한 질병이다.

다행히 그는 남들보다 뛰어난 수학적 재능을 가지고 있었던 덕분에 미국의 명문 스탠포드 대학에 진학할 수 있었다. 수리적 계산이 글을 쓰고 읽는 것보다 훨씬 쉬웠던 그는 경제학을 전공으로 선택했다. 영어와 프랑스어는 여전히 낙제 수준이었지만, 전공에 매진한 결과 MBA 학위도 따낼 수 있었다. MBA를 졸업한 후, 그는 숙부에게 10만 달러를 빌려 창업을 했다.

1974년, 캘리포니아에 설립된 그의 회사는 현재 2만 6천 명의 직원을 거느린, 명실상부한 세계 50대 기업으로 성장해 있다.

이 이야기의 주인공이 바로 미국의 대형 증권사 '찰스 슈왑'의 CEO인 찰스 슈왑이다. 지금도 슈왑은 글을 읽고 쓰는 일에 여전히 힘겨워한다. 글을 읽을 때에는 반드시 소리 내어 읽어야 하고, 책 한 권을 읽을 때 예닐곱 번을 읽어야 겨우 내용을 이해할 때도 있다. 또 글씨를 쓸 때에는 소리 내어 말한 뒤 컴퓨터의 음성인식 프로그램을 이용해 글자로 변환하는 번거로운 과정을 감내해야 한다.

선천적으로 학습 능력이 떨어지는 그가 어떻게 성공할 수 있었을까? 이 질문에 슈왑이 대답했다.

"학습 장애가 있었기 때문에 남들보다 두 배나 많은 집중력과 노력을 기울였습니다. 나는 글을 읽을 때 각기 다른 철자들을 조합해 하나의 단어로 파악하지 못합니다. 하지만 특정 분야에 집중하고, 몰두하는 일에서는 그 누구에게도 지지 않을 자신이 있습니다."

그가 세운 증권회사 찰스 슈왑은 설립 이래 30년 동안 '한 번에 한 가지 일만 하는' 집중적인 방식을 고수해왔다. 다른 금융서비스업체들이 부유한 투자자들만을 고객층으로 삼아 경영하고 있을 때, 찰스 슈왑은 일반 소액투자자들을 공략 대상으로 삼았고, 이 전략은 매우 효과적이었다. 그 후, 나날이 컴퓨터 기술이 진보하고 고객들의 수준이 향상되는 동안, 찰스 슈왑은 시기별로 주요 목표를 설정하고, 업계 본보기로서의 위치를 고수했다.

오늘날 찰스 슈왑이 금융계에 하나의 이정표를 세웠다는 사실에 반박하는 사람들은 거의 없다.

찰스 슈왑은 『포춘』지가 선정한 세계에서 가장 존경받는 20대 기업, 그리고 미국에서 가장 일하기 좋은 기업 가운데 하나이며, 『포브스』지와 『비즈니스 위크』지가 선정한 대기업 리스트에도 당당히 올라 있다. 또한 본받을 만한 사례로 경영학 전문서적에 가장 자주 등장하는 기업이기도 하다.

조물주는 언제나 공평해서 누구든 적어도 한 가지의 재능은 타고나도록 만들었다. 실수로 누군가가 장애를 갖게 만들었다면, 조물주는 그에 대한 보상으로 다른 한 부분에 특출한 능력을 부여한다. 모든 면에서 완벽하기를 바라는 사람은 오히려 그 모든 면에서 평범할 수밖에 없다. 재능을 가지지 못한 분야는 포기하고, 잘하는 분야에 집중하는 것이 성공으로 가는 지름길이다.

071

헨리 하인즈

스스로 단점을 밝히다

미국의 하인즈식품가공회사 사장인 헨리 하인즈는 어느 날 한 화학 실험 보고서를 통해 자사가 생산한 식품에 첨가되는 보존제에 독성이 있다는 사실을 우연히 발견했다. 유독 성분이 많은 것은 아니었지만, 장기간 복용하면 인체에 해를 미칠 수도 있었다.

하인즈는 고민에 빠졌다. 이 첨가제를 은근슬쩍 빼버리자니 식품의 신선도가 문제였고, 이 사실을 공개하자니 같은 첨가제를 사용하고 있는 동종 업체들의 강한 반발에 부딪힐 것이 불 보듯 뻔했다.

도대체 어떻게 해야 좋단 말인가?

하인즈는 고위 경영진들을 불러 긴급회의를 열었다.

"이 사실을 공개한다면 식품업계 전체가 우리를 대대적으로 공격할 것입니다. 현재 수준에서 우리는 그들의 공격을 막아낼 역량이 부족합니다. 모험하지 않는 것이 상책입니다."

"하지만 우리가 공개하지 않아도 언젠가는 누군가에 의해 발견될 것입니다. 그땐 상황을 수습하기 어렵습니다. 아마 회사의 존립이 흔들릴 정도로 큰 위기가 닥칠 것입니다."

그의 갈등만큼이나 임원들의 의견도 분분했다.

이해득실을 모두 고려한 후, 하인즈는 마침내 이 사실을 공개하기로 결정했다. 그는 곧장 자사에서 사용해온 첨가제에 유해한 독성이 있으며, 앞으로 이 첨가제를 사용하지 않을 것이라고 공표했다.

예상대로 하인즈의 이 같은 행동은 식품업계 전체의 강한 비난을 불러왔다. 식품업체 사장들은 모두 한목소리로 그를 비난하며, 온갖 수단과 방법을 동원해 하인즈를 공격했다. 그에게 다른 꿍꿍이속이 있다는 둥 저만 살기 위해 남을 짓밟는다는 둥, 심지어는 그에 대한 인신공격까지 서슴지 않았다. 식품업계 전체가 똘똘 뭉쳐 하인즈를 무너뜨리려 했다.

하지만 소비자에 대한 하인즈의 책임감 있는 의식은 변하지 않았고, 소비자의 건강을 생각한 그의 행동을 지지하는 여론이 점차 일어나기 시작했다.

첨가제를 둘러싼 식품업계의 공방은 그 후로도 4년 동안이나 계속되었으며, 이로 인해 하인즈는 거의 파산 직전까지 내몰렸다. 그러나 그 덕분에 하인즈라는 이름은 소비자들에게 강하게 각인되었다.

마침내 하인즈는 미국 정부와 대중들로부터 신뢰를 얻었고, 하인즈의 제품은 믿고 먹을 수 있다는 공감대도 형성되었다. 이를 바탕으로 하인즈는 짧은 기간 내에 과거의 활력을 되찾았을 뿐만 아니라, 매출 규모도 예전의 두 배 수준으로 껑충 뛰었다.

오늘날 하인즈가 미국 최고의 식품가공기업으로 발돋움할 수 있었던 비결이 바로 여기에 있다.

신뢰 역시 일종의 품질이다. 더욱이 큰일을 성취한 사람에게 신뢰는 일종의 전략이다. 문제가 있는 것이 확실하다면, 그 사실을 숨기다가 훗날 남들에게 발각되어 이름에 먹칠을 하느니 스스로 문제를 공개하고 잘못을 시인하는 편이 신뢰를 얻는 데 훨씬 효과적이다.

072

피터 유베로스

올림픽을 성공적으로 개최하다

피터 유베로스는 1984년 LA 올림픽 조직위원장으로서 올림픽을 성공적으로 이끈 인물이다. 그는 그해 세계적인 잡지 『타임』지에 의해 1984년 '세계의 유명인'으로 선정되기도 했다.

LA 올림픽 이전만 해도 폐막식 이후 개최국에 남는 것은 산더미 같은 재정 적자뿐이었다. 오죽하면 올림픽을 일종의 경제적인 재난이라고 불렀겠는가. 1976년 몬트리올 올림픽에서는 10억 달러의 적자를 냈고, 1980년 모스크바 올림픽에서도 90억 달러라는 천문학적인 자금이 헛되이 투입되었다.

하지만 LA에서 열린 제23회 올림픽 때부터는 양상이 달라졌다. LA 주정부는 단 한 푼의 자금도 투자하지 않고 무려 1억 5천만 달러라는 순익을 거두었던 것이다. 세계인들은 이 빛나는 실적을 경이로운 눈으로 바라보았다.

물론, 이 위대한 성공의 영광은 모두 유베로스에게 돌아갔다. 그가 이끌어낸 성공의 요인은 다음과 같다.

첫째, 대형 체육관을 새로 짓지 않고 기존의 체육관을 최대한 이용했다. 둘째, 호화로운 올림픽 선수촌을 건설하지 않고 세 개 대학의 기숙사를 선수 및 기타 관계자들의 숙소로 지정했다. 셋째, 수영장을 새로 건설해야만 하는 상황이 되자, 지정된 장소에서 영업을 할 수 있고 광고를 해주겠다는 조건으로 현지 맥도날드 체인점을 설득해 400만 달러를 지원받아 대규모의 노천 풀장을 건설했다. 넷째, 새로 지어야 하는 사이클 경기장은 맥도날드에 제시했던 것과 같은 조건으로 현지의 편의점 업체 세븐일레븐에게 위탁하고, 30개 후원 업체를 선정해 총 1억 1천만 달러의 자금을 모았다. 그 밖에도 50개 물품 공급 업체를 선정해 각 업체마다 최소한 400만 달러를 후원금으로 내놓도록 했다.

이런 방법이 남다를 것 없다고 생각하는 사람들도 다음의 방법을 알고 나면 아마 유베로스의 천부적인 수완에 혀를 내두를 것이다.

그는 미국의 3개 방송사로 하여금 올림픽 독점 중계권을 놓고 경쟁하도록 만들었다. 각 방송사들이 입찰가를 단 한 번밖에 써낼 수 없도록 규정했던 것이다. 방송사들은 사활을 걸다시피 하며 중계권을 따내기 위해 경쟁했고, 결국 올림픽 중계권은 2억 7500만 달러를 제시한 ABC 방송에 돌아갔다. 사실 유베로스조차도 TV 중계권 수입이 많아야 1억 5천만 달러에 그칠 것으로 예상했으니, 이는 기대 이상의 수확이었다.

유베로스의 전략은 여기에서 그치지 않았다. 그는 올림픽에 대한 사람들의 관심을 이용해, 시민들의 일손까지 싼 값에 빌렸다. 바로 자원봉사 제도였다. 자원봉사자를 모집한다는 소식이 발표되자, LA 전역에서 3만여 명의 시민들이 발 벗고 나섰다. 자원봉사자들에게 수고의 대가로 돌아간 것은 1인당 두 벌의 유니폼과 점심 식사, 그리고 몇 번의 경기를 무료로 볼 수 있는 혜택이 전부였다. 이로써 그는 적지 않은 인건비를 절약할 수 있었다.

뿐만 아니었다. 그는 1킬로미터당 3천 달러라는 거액에 성화봉송 권리를 판매했다. 다시 말해 3천 달러를 내면 1킬로미터의 성화봉송 자격을 주었던 것이다. 누가 봐도 비싼 가격이었지만 사람들은 이 신성한 임무를 수행하는 영광을 누리기 위해 기꺼이 주머니를 털었다.

그해 5월 8일 오전 9시 30분, 뉴욕 UN본부 앞에서 성화봉송 대장정의 막이 올랐고, 성화는 32개 주와 1개 특별구를 거쳐 미국을 횡단하며 개막식이 열리는 7월 28일 LA 올림픽 주경기장에 도착했다. 총 82일, 총 1만 5천 킬로미터에 달하는 성화봉송 행사로 LA 올림픽 조직위원회가 벌어들인 수입은 무려 4천 5백만 달러였다.

유베로스는 LA 올림픽 마스코트인 독수리마저 상표로 등록해, 이 마스코트를 사용하고자 하는 기업들에 판매했다.

이렇게 장사 수완이 뛰어나고 재리財利에 밝은 유베로스가 지휘했으니, LA 올림픽에서 어찌 흑자를 내지 않을 수 있었겠는가!

백만장자가 아닌 다음에야 큰일을 치르면서 자금상의 어려움을 겪지 않을 수는 없다. 똑똑한 사람은 남의 돈을 자신의 일에 이용하며, 더욱 똑똑한 사람은 선견지명이 있어 미래의 이익을 현재의 돈으로 끌어낼 줄 안다.

모스

073

전신기를 발명하다

1837년 모스가 세계 최초로 전신기를 발명했다. 이 전신기를 사용하면 500미터 내에서 메시지를 주고받을 수 있었는데, 그가 기업가들에게 자신의 발명품을 보여주며 투자를 요청했을 때의 반응은 대부분 냉담했다.

어떤 사람은 "전선이 메시지를 전달할 수 있다고? 차라리 공기로 빵을 만들 수 있다고 하시오!"라며 조롱하기도 했다.

그가 실제로 전보를 보내 시험해 보이자, 몇 명은 조금 흥미를 보이기도 했지만, 그들 역시 "당신 뜻은 알겠소만, 이건 애들 장난감에 불과하오. 유감스럽게도 난 완구에는 관심이 없소"라고 말했다.

한번은 전신기에 관한 그의 설명을 듣고 귀가 솔깃해진 사람도 있었으나, 몇 미터 밖까지 메시지를 전달할 수 있냐는 물음에 모스가 "오백 미터입니다"라고 대답하자, 웃음을 터뜨리며 "오백 미터라고 했소? 그 정도면 굳이 전보를 보낼 필요가 있겠소?"라고 말했다. 친구들마저 모두 그에게 현실성 없는 일에 매달리지 말라고 충고했다.

신호를 500미터까지밖에 전송할 수 없다는 것은 분명 모스 전신기의 치명적인 단점이었다. 하지만 이것은 조금만 개선하면 곧 해결될 수 있는 문제였다. 전송 거리를 늘리기 위해 그는 집안에서 유일하게 값나가는 그림을 팔았다. 조상 대대로 소장하고 있던 명화였다.

후에 모스는 젊은 기술공 알프레드 베일의 협조로 베일의 부친이 운영하는 공장에서 실험을 할 수 있게 되었고, 마침내 발신 장비와 수신 장비의 취약점을 개선했다. 또한 전송 회로에 계전기를 부착해 전송 과정에서 전류가 약해지는 문제를 해결했다. 그러고는 마침내 미국 국회로부터 지원을 받아 자신의 커다란 이상을 완전히 실현할 수 있었다.

모든 사람들이 새로운 사물의 가치를 정확하게 인식할 수 있는 것은 아니다. 남들이 이해해주지 않고, 지지해주지 않으며, 심지어 조롱한다고 해서 자신의 창조물을 포기한다면 이는 그 자신은 물론 세상 전체에 너무도 큰 손실이 될 것이다.

074 셀마 라게를뢰프

열망이 기적을 가져오다

스웨덴의 어느 유복한 집안에서 한 여자 아이가 태어났다. 안타깝게도 그 아이는 태어난 지 얼마 되지 않아 원인을 알 수 없는 마비 증세로 인해 걸을 수가 없었다. 하지만 아이는 언젠가 자신이 회복될 수 있을 것이라는 믿음을 버리지 않았다.

어느 날, 이 소녀는 가족들과 함께 배를 타고 여행을 갔다. 배에서 일하던 한 활달한 청년은 이 어린 소녀를 매우 귀여워하며 자주 찾아와 함께 놀아주곤 했다.

하루는 청년이, 여행을 했던 그 배의 선장이 예쁜 새를 한 마리 키우고 있는데, 매일같이 그 새를 갑판에 데리고 나와 바람을 쐰다는 이야기를 해주었다. 소녀가 새를 구경하고 싶다고 하자, 청년은 소녀를 업고 갑판으로 나왔다. 하지만 선장의 모습은 보이지 않았다. 조급해진 소녀는 선장을 직접 찾아보자고 청년을 졸랐다. 청년은 순간적으로 소녀가 걸을 수 없다는 사실을 잊은 채 소녀의 손을 잡고 일어나 선장실로 향했다. 바로 그때, 기적이 일어났다. 새를 보고 싶은 마음이 너무도 간절했던 탓일까, 소녀는 청년의 손을 잡고 천천히 걷기 시작했다. 그 일이 있은 뒤 소녀의 병은 기적처럼 완치되었다.

아마도 무언가에 완전히 몰입하여 열망하던 어린아이의 순수한 동심과 호기심이 병을 이기도록 만든 것이었으리라.

이 소녀는 성인이 된 후로는 문학 창작에 몰입했고, 마침내 여성 최초로 노벨 문학상을 수상하는 영광까지 누리게 되었다. 그녀의 이름은 셀마 라게를뢰프다.

갖고 싶다고 생각해야 가질 수 있다. 마찬가지로 일어서고 싶다고 바라야 일어설 수 있다. 많은 사람들이 실패하는 이유는 처음부터 자신은 성공할 수 없으며, 헛된 꿈을 꾸어서는 안 된다고 단정 짓고 지레 단념해버리기 때문이다. 일어서지 않는다면 그대로 앉아 있을 수밖에 없다.

075

이안 월드

서양의 목재로 동양의 젓가락을 만들다

캐나다에 '젓가락의 왕'이라는 별칭을 가진 이안 월드라는 사람이 있다. 그는 본래 목재상이었지만 사업에는 그다지 성공하지 못하고 있었다. 그런 와중에 한번은 한국과 일본으로 여행을 갔다가, 현지 사람들이 사용하는 식기가 서양인들의 그것과는 매우 다르다는 사실을 알게 되었다.

그가 본 것은 바로 젓가락이었다. 중요한 사실은 젓가락 소비량이 매우 많다는 것이었는데, 남이 사용한 젓가락을 사용하지 않기 위해 1회용 젓가락을 사용했기 때문이다. 게다가 1회용 젓가락은 플라스틱이 아닌 나무로 만들어져 있었다.

이안은 일본의 목재 시장을 둘러본 후 일본의 목재 가격이 북미에 비해 네 배 이상 비싸다는 사실도 알게 되었다. 일본은 삼림 자원이 부족했기 때문이다. 이때 이안에게 한 가지 영감이 떠올랐다. 북미에 젓가락 가공공장을 세우고 제품을 생산해, 한국과 중국 그리고 일본 등 젓가락을 사용하는 국가로 수출하면 분명 큰돈을 벌 수 있을 것 같았다.

귀국한 그는 여러 차례의 실사와 연구를 거쳐, 미국 미네소타 주에 공장 부지를 마련했다. 이곳은 백양목이 넓게 분포된 곳으로 백양목을 원료로 젓가락을 만들면 색이 밝고 윤기가 흘러 소비자들로부터 큰 인기를 끌 수 있다는 판단이 있었다.

그는 곧 전 재산을 공장 건설에 쏟아 부었다. 하지만 여전히 자금이 부족했다. 그는 어쩔 수 없이 투자를 유치하기 위해 이곳저곳을 다니며 자신의 사업을 설명했다. 하지만 대부분의 은행이나 기업은 그의 계획에 시큰둥한 반응을 보였고, 설령 약간 흥미를 보였다 해도 사업성을 의심하며 대출 요구에 난색을 표시했다.

다행히 그의 열의와 자신감에 감동한 한 은행이 있었다. 그 은행은 부사장을 직접 일본으로 보내 그의 말이 맞는지 조사했고, 월드의 말에 일리가 있다는 결론을 얻은 끝에 그에게 자금 지원을 약속했다. 미국 현지 지방정부로서도 이안이 공장을 설립하면 일자리가 늘어나고 시장경제가 활성화될 수 있었기 때문에, 자발적으로 50만 달러를 투자해 가며 그를 격려했다.

드디어 공장이 완공되고, 여러 번의 실험을 거쳐 윤기가 흐르고 색상이 우수한 나무젓가락이 탄생했다. 이 젓가락은 시장에 나오자마자 순식간에 동이 났다.

이안의 현대식 젓가락 공장은 1987년 10월에 정식으로 생산을 시작한 이래, 처음 9개월 만에 12만 개의 젓가락을 일본에 수출했고, 1988년 말에는 생산량이 12억 개까지 늘어났다. 매출액과 순익도 각각

1,400만 달러와 400만 달러로 불어났다. 한마디로 대성공이었다.

아시아의 젓가락 업체들은 이안의 성공에 그저 놀랍다는 반응을 보였다. 일본의 한 젓가락 업체 사장은 이렇게 푸념했다.

"정말 뜻밖의 일입니다. 젓가락으로 밥을 먹는 우리 동양인들이 나이프를 사용하는 서양인들에게 이토록 젓가락 시장을 점령당하리라고는 꿈에도 예상하지 못했습니다."

같은 자원이라도 지역에 따라 시장가치가 달라지는 법이다. 성공하는 사람들에게는 이런 지역적인 차이를 발견하고, 이 차이를 이용해 이익을 얻는 능력이 있다.

투델라

076

다각적인 전략으로 백만장자가 되다

아르헨티나에 투델라라는 사람이 있었다. 그는 독학으로 어렵게 엔지니어가 되고 난 얼마 후, 석유 사업에 뜻을 품었다. 당시 그는 석유업계에서 조력자나 그 어떤 기댈 만한 언덕도 없었고, 그렇다고 탄탄한 자금력을 갖춘 것도 아니었다. 하지만 그는 맨손으로 누구의 도움도 없이 다각적인 전략만으로 석유업계에서 큰 성공을 거두었다.

어느 날 그는 한 친구에게서 아르헨티나가 2천만 달러어치의 부탄을 구매하려 한다는 이야기를 들었다. 또 신문을 통해 아르헨티나에 쇠고기 공급과잉 현상이 일어나 현금을 주지 않고도 고기를 살 수 있다는 기사를 접하였다.

이 두 가지 정보는 누가 봐도 별다른 공통점이나 연관성을 찾을 수 없는 별개의 것이다. 하지만 투델라는 머릿속으로 이 두 가지 사건을 연결할 고리를 만들고 있었다.

나름대로 구상이 완성되자 그는 곧장 스페인으로 날아갔다. 과연 투델라는 그곳에서 주문을 받지 못해 애를 태우고 있는 조선소 사장을 어렵지 않게 만날 수 있었다. 투델라는 그 사장에게 다음과 같은 거래를 제안했다.

"나한테서 이천만 달러어치의 쇠고기를 사준다면 나도 이천만 달러짜리 특급 유조선을 구매하겠소."

조선소 사장이 이 거래를 마다할 이유가 없었다. 그는 아무런 망설임 없이 투델라의 조건을 받아들였다.

이렇게 해서 투델라는 아르헨티나의 쇠고기를 스페인에 팔고, 그 대가로 스페인으로부터 유조선 한 척을 가져왔다.

얼마 후 그는 본국의 한 석유회사를 찾아가 자신이 스페인에서 도입한 유조선을 임대해주는 대가로 2천만 달러어치의 부탄을 구매하겠다고 제안했다. 물론 부탄 구입 자금은 아르헨티나로부터 나온 것이었다.

그는 이렇게 우회적이지만 대담한 전략을 이용해, 단 한 푼의 자금도 들이지 않고 혼자 힘으로 석유해운업계에 진출했으며, 훗날 사업이 날로 번창해 업계 최고의 자리에까지 오르게 되었다.

현명한 사람들은 서로 별개인 것처럼 보이는 현상을 한데 엮을 수 있는 재주를 가지고 있다. 수급 관계를 잘 이용하면, 그 안에서 이익을 얻을 수 있다.

077

짐 맥케이브

최악의 영화를 공급하다

짐 맥케이브는 심리학자로서의 길을 마감한 뒤, 변호사인 아내와 함께 새로운 사업에 도전하기로 마음먹었다.

평소 영화를 즐겨보던 맥케이브가 처음 선택한 사업은 비디오 대여업이었다. 그런데 문제는 일반 상점에서도 대부분 비디오를 빌려주고 있는 데다가, 오스카상 수상작이나 세계 각국의 우수한 영화들을 모두 구비해놓을 정도로 보유 상태가 좋다는 점이었다. 맥케이브 부부는 이 점에 주목했다.

얼마 후 그들은 비디오 대여점을 개업했다. 그런데 이곳에는 다른 대여점들과는 조금 다른 점이 있었다. 할리우드 영화들이 빼곡히 들어찬 진열대 한쪽 구석에 그 어디에서도 찾아보기 힘든 이상한 영화들이 진열돼 있었던 것이다. 게다가 "우리나라에서 손꼽히는 최악의 영화만을 모아놓았습니다!"라는 문구까지 붙어 있었다.

그들의 시도는 대성공이었다. 영화관에서 좀처럼 상영하지 않는 '이상한' 영화 비디오를 빌리려는 손님들이 줄지어 찾아왔다.

그들은 더 나아가 새로운 방식으로 사업을 확장시켰다. 바로 무료 전화로 주문만 하면 전국 어느 곳이든지 우편을 통해 이 '최악의' 영화 비디오를 대여해주는 방식이었다.

그들의 아이디어는 연달아 적중했으니, 한 해에 우편 대여 방식으로 벌어들이는 수입만 50만 달러에 달했다.

다른 사람들과 똑같은 길을 간다면 나에게까지 돌아올 기회는 너무 적다. 이는 그 길 위에서 똑같은 기회를 발견하고, 그것을 이용하는 사람들도 그만큼 많기 때문이다. 만약 좁은 길을 찾을 수 없다면, 혹은 지금까지 아무도 가지 않은 새로운 길을 개척할 수 없다면, 남들과 반대 방향으로 가는 것도 좋은 방법이 될 수 있다. 남들과 반대로 가면 사물을 바라보는 시선도 남달라질 테니 말이다.

078

쥘 베른

처녀작이 재가 될 뻔하다

근대 공상과학 소설의 선구자인 프랑스의 소설가 쥘 베른도 무명 시절에는 꽤나 뼈아픈 경험을 했다. 자신의 처녀작 『기구를 타고 5주일』이 출판사들로부터 무려 열다섯 차례나 퇴짜를 맞았던 것이다.

알려지지 않은 신인의 작품을 출간하려는 출판사는 없었다.

애써 완성한 작품이 외면받자 화가 난 쥘 베른은 어느 날 원고를 활활 타는 난로 속으로 집어던졌다. 다행히도 그의 아내가 재빨리 원고를 꺼내, 원고가 잿더미가 되는 것을 면할 수 있었다.

그런데 열여섯 번째로 찾아간 출판사에서 마침내 그의 천재성을 알아보는 사람을 만날 수 있었고, 곧바로 20년 기한의 장기 계약이 체결되었다. 그의 처녀작이 세상에서 빛을 보기 시작한 순간이었다.

얼마 후 그의 작품은 세계적으로 큰 반향을 일으키며 그를 하루아침에 유명 작가의 대열에 올려놓았다.

평소 여행을 좋아하여 영국과 스칸디나비아 등을 여행하며 많은 여행가와 지리학자들과 친분을 쌓았던 그는 『기구를 타고 5주일』의 성공 후 과학모험소설에 전념하여 평생 동안 80여 편의 작품을 썼다.

19세기 후반, 과학이 크게 발달함에 따라, 자연과학의 지식을 이용한 소설들이 많이 출간되었는데, 그는 그러한 지식에다 풍부한 공상을 더하여 인간의 지력知力의 한계를 탐구하고 인류 문화의 미래를 예언하였다. 사실상 그의 꿈은 원자력 잠수함과 달세계여행 등으로 뚜렷이 실현되고 있다.

천리마는 늘 있지만, 백락伯樂, 명마를 알아볼 줄 아는 사람이 늘 있는 것은 아니다. 세상에 천리마가 매우 적은 것은 바로 이 때문이다. 그런데 여기, 세상이 끝나도 영원히 사람들의 눈에 띌 수 없는 두 가지 유형의 천리마가 있다. 하나는 자신이 천리마임을 적극적으로 드러내지 않는 유형이고, 다른 하나는 자신이 천리마라는 것을 남들이 알아주지 않는다며 자포자기해서 스스로 다리를 부러뜨리는 유형이다. 적극적으로 자신의 능력을 남들에게 보여준다면 어딘가에 반드시 백락이 있게 마련이다.

079

찰스 M. 슈왑

마부가 대기업 회장이 되다

미국의 한 가난한 농가에서 태어난 찰스 슈왑은 3년간 학교를 다닌 것이 그가 받은 정식교육의 전부였다. 15세가 되던 해, 그는 생계를 위해 한 시골 마을에서 마부로 일해야 했다.

3년 후, 그는 철강왕 카네기가 소유하고 있는 한 건축회사에서 막노동꾼으로 일하게 되었다.

어느 날 저녁, 동료들은 모두 둘러앉아 잡담을 하고 있는데, 유독 슈왑만이 한쪽 구석에서 책을 보고 있었다. 때마침 그 회사의 사장이 시찰을 나왔다가 이러한 광경을 보게 되었는데, 그는 슈왑이 읽고 있던 책과 노트를 뒤적이더니 아무 말도 하지 않고 가버렸다.

이튿날 사장이 슈왑을 사장실로 불렀다. 영문도 모르고 사장실로 간 슈왑에게 사장이 질문했다.

"그런 것들을 공부해서 무엇에 쓰려고 하나?"

"우리 회사는 막노동꾼이 필요한 것이 아니라, 전문적인 지식과 업무 경험을 갖춘 기술자와 관리자가 필요한 것이 아닌가요?"

사장은 가만히 고개를 끄덕였다.

그리고 얼마 후, 슈왑을 엔지니어로 승진시킨다는 발표가 났다. 이는 파격적인 인사 조치였다. 그 후 연이어 승진을 거듭하던 슈왑은 25세가 되던 해, 기어코 이 건축회사의 사장 자리에 앉게 되었다.

기회는 아무에게나 찾아오는 것이 아니라, 준비하고 있는 사람에게만 찾아온다. 다들 기회가 찾아오지 않는다고 불평하지만, 사실은 기회를 잡을 능력이 없는 것이다.

델 

080

1,000달러로 회사를 세우다

1980년 당시에도 1,000달러는 그리 큰 돈이 아니었다. 이 정도 돈을 가진 사람은 수없이 많았다. 하지만 이 돈으로 창업을 할 수 있는 사람은 거의 없었다.

그해, 미국의 한 대학에 다니던 열아홉 살 청년이 컴퓨터 부품을 팔아 1,000달러를 벌었다. 물론 1,000달러를 가진 것이 그리 대단한 일은 아니었다. 그의 친구들 중에는 수만 달러, 심지어는 수십만 달러를 가진 이들도 있었기 때문이다.

1,000달러로 무엇을 할 수 있을지 곰곰이 생각하던 그는 세 가지 방안을 생각해냈다. 그는 일기에 이렇게 적었다.

1,000달러로 할 수 있는 일

첫째, 친구들을 초대해 초호화 파티를 연다.

둘째, 중고 포드 자동차를 구입한다.

셋째, 컴퓨터 판매회사를 설립한다.

"컴퓨터 회사를 차린다고? 고작 천 달러로 말이야?"

친구들은 그의 세 번째 계획을 듣자마자 대뜸 이렇게 반문하고는 델에게 대답할 시간도 주지 않고 고개를 저으며 한심해했다.

"차라리 우리랑 술이나 몇 잔 더 마시는 게 나을 거야!"

그는 친구들의 비아냥거림에 아랑곳하지 않고 세 번째 계획을 실행하기로 마음먹었다.

며칠 후 그의 1,000달러짜리 회사는 그렇게 문을 열었다.

이 청년이 바로 마이클 델이다. 오늘날 세계적인 컴퓨터회사로 발돋움한 델Dell이 바로 그의 손안에서 탄생한 것이다.

성공과 실패의 차이는 지능의 차이가 아니라, 생각의 차이다. 성공하는 사람은 자기 수중에 있는 것을 자본으로 생각하고, 그것을 토대로 더 많은 수익창출을 도모하지만, 실패하는 사람은 그것을 단순히 생활에 필요한 물물거래의 수단으로만 인식한다.

081

정무공

버림으로써 얻는다

옛날 중국 정鄭나라의 무공武公은 호胡나라를 손에 넣겠다는 야심을 가지고 있었다. 하지만 호나라는 정나라보다 몇 배가 강했기 때문에 섣불리 도전했다가는 도리어 호나라에 점령당할 위험이 있었다.

그는 오랫동안 치밀한 계획을 세운 후, 호나라를 안심시키기 위해 자신의 딸을 호나라 왕에게 시집보냈다.

어느 날 무공은 신하들을 불러들였다.

"짐이 전쟁을 하고자 하는데, 어떤 나라를 치면 좋겠는가?"

그러자 관기사關基思라는 신하가 대답했다.

"호나라를 치는 것이 마땅하다고 생각합니다."

이 말은 무공의 생각에 완전히 부합하는 것이었지만, 무공은 도리어 불같이 화를 내며, "호나라는 우리와 사돈 관계에 있는 나라다. 네 놈이 정녕 짐에게 패륜을 범하라고 하는 것이더냐?"라고 호통을 치더니 그 자리에게 관기사의 목을 쳤다.

관기사는 무공이 가장 총애하는 신하였다.

이 소문은 곧장 호나라 왕의 귀에 들어갔고, 호나라 왕은 그제야 정나라에 대한 경계심을 완전히 풀 수 있었다. 이때를 놓치지 않고 무공은 곧바로 군대를 일으켜 호나라를 급습했고, 아무런 대비도 하지 않았던 호나라는 속수무책으로 정나라에 점령당하고 말았다.

먼저 자신의 것을 내어놓아야 원하는 것을 얻을 수 있다. 큰일을 이루고자 하는 사람은 자신이 가장 아끼는 물건을 포기할 줄 알아야 한다.

082

도상

보물을 모두 태워버리다

한漢나라 환제桓帝 때 장사長沙와 영릉零陵에서 도적 떼가 들끓자, 환제는 형주자사荊州刺史 도상度尙에게 도적들을 진압하라는 임무를 내렸다. 도상은 남다른 담력과 지모로 반란군을 소탕하는 전과를 세우고, 그의 부하들은 그 과정에서 진귀한 보물을 얻었다.

한편, 관군을 피해 깊은 산속으로 도망쳤던 도적 떼의 우두머리는 다시 잔당들을 규합해 세력을 키우며 반격할 기회를 노렸다.

도적의 뿌리를 뽑아버려야겠다고 생각한 도상은 그들의 소굴을 습격하기로 했다. 하지만 이미 수많은 금은보화를 얻은 부하들은 보물에 넋이 나가 이미 전의를 상실한 지 오래였다.

도상이 부하들을 불러놓고 말했다.

"도적들이 십 년이 넘도록 신출귀몰하며 이 지역을 주름잡고 있었으니 소탕하는 일이 그리 만만치 않다. 게다가 우리는 병력이 너무 적어

놈들을 이기기 어렵다. 이 근방 관부에 지원군을 요청해놓았으니 지원군이 도착하면 그때부터 행동하는 것이 좋겠다. 지원군이 올 때까지는 마음껏 즐겨라."

도상의 말에 병사들은 모두 희희낙락하며 뿔뿔이 흩어져 놀러 나가고, 군영은 완전히 텅 비게 되었다. 그러자 도상은 사람을 시켜 군영에 불을 질렀다. 병사들이 가지고 있던 보물이 모두 잿더미로 변한 것은 물론이었다. 군영에 돌아온 병사들이 보물을 아까워하며 통곡하자 도상은 짐짓 위로하는 척하더니, 이렇게 말했다.

"도적의 소굴에 가면 금은보화가 산더미처럼 쌓여 있다. 도적들만 잡는다면 보물을 다시 얻을 수 있을 게야."

그의 말을 들은 병사들은 순식간에 강한 투지를 불태우며 서둘러 진격하자고 졸라댔다. 도상은 기다렸다는 듯이 곧장 출격 명령을 내렸고, 적들은 갑작스런 습격에 제대로 저항 한 번 해보지 못하고 일망타진되고 말았다.

현재에 안주하기만 해도 배불리 먹고 따뜻하게 입을 수 있는 상황에서, 목숨을 담보로 모험하려는 사람은 없을 것이다. 하지만 가장 위험한 일은 바로 모험하지 않는 것이다.

범중엄

083

기발한 생각으로 화를 면하다

송宋나라 인종仁宗 때, 소주蘇州와 항주杭州에서 심한 가뭄이 들었다. 당시 이 지역에 지방관으로 있던 범중엄范仲淹은 백성들이 비축하고 있는 식량을 모아 재해민들을 구휼하기로 하고 몇 가지 묘안을 짜냈다.

소주와 항주 일대는 예로부터 돛단배 경주가 자주 열리는 곳이었다. 범중엄은 백성들에게 돛단배 경주를 장려하며, 자신도 봄부터 여름까지 매일 호수 위에서 배를 타고 지냈다. 관리가 뱃놀이에 푹 빠져 지내자, 백성들 사이에서도 뱃놀이와 돛단배 경주가 크게 성행했다.

또한 범중엄은 이 지방에 불교를 믿는 사람들이 많다는 사실에 착안해 대규모 절을 짓도록 격려하며, 각 절의 주지승들에게 말했다.

"올해는 품삯이 싸서 큰돈을 들이지 않고도 사찰을 지을 수 있을 것이오."

그러자 이 일대에 절을 새로 건설하거나 개축하는 일이 잇따랐다.

그때 조정에서 나온 한 감찰관이 이런 모습을 못마땅해하며, 황제에게 범중엄을 비난하는 상소문을 올렸다. 감찰관은 범중엄이 민심을 어루만지지 않고 정사에는 관심이 없으며, 뱃놀이와 건축으로 백성들을 힘들게 한다며 심하게 질타했다.

그러자 범중엄도 지지 않고 황제에게 자신의 의도를 설명하는 상소를 올렸다. 그는 자신이 이렇게 행동하는 것은 소주와 항주 일대에 극심한 가뭄이 일어났기 때문이라고 했다. 남아도는 노동력으로 절을 짓고, 돛단배 경주를 독려한 것은 모두 나라와 개인의 재물을 충분히 이용하는 동시에, 먹을거리가 없어 굶주리고 있는 백성들에게 노동으로 돈을 벌도록 하려는 조치라는 설명이었다. 그는 단순히 돈이나 식량을 주는 것보다는 이렇게 하는 편이 훨씬 효과적이며, 기근으로 인한 폭동이 발생하는 것도 막을 수 있다고 주장했다.

머지않아 그의 생각이 정확했음은 사실로 증명되었다. 이 지역 역사상 유래를 찾아볼 수 없을 정도로 심각한 가뭄이 발생했지만, 범중엄이 이런 방식으로 재해민들을 지원하고 남아도는 노동력을 이용한 결과, 단 한 건의 절도 사건도 발생하지 않았다.

무작정 허리띠를 졸라매면 굶주림을 겪는 시기를 조금더 늦출 수 있지만, 언젠가는 식량이 완전히 바닥나게 마련이다. 하지만 부족한 자원이라도 내놓아 어딘가에 투자하면 적어도 먹고 입을 걱정은 하지 않고 생활할 수 있다.

모수

084

두각을 나타내다

기원전 257년, 진秦나라가 조趙나라의 도읍인 한단邯鄲을 포위했다. 그러자 조나라의 평원군平原君 조승趙勝은 초楚나라에 원조를 요청하기로 했다. 그는 자신이 거느리고 있던 식객들 중 문무를 겸비한 열아홉 명을 뽑아 함께 초나라로 떠날 채비를 했다. 이때 모수毛遂라는 식객이 자신을 사신으로 뽑아달라며 자청하고 나섰다. 평원군이 그에게 물었다.

"내 문하에 기거한 지 얼마나 되었는가?"

"삼 년이 되었습니다."

모수가 대답하자 평원군이 차갑게 비웃으며 말했다.

"어진 선비란 마치 송곳과 같아서 주머니 속에 넣어도 그 뾰족한 끝이 보이게 마련인데, 내게로 온 지 삼 년이 되었다고 했거늘 어째서 자네가 재능이 있다는 말을 내가 여태껏 들어보지 못했는고? 별 재주도 없는 자네를 데려가서 무엇에 쓰겠는가?"

모수가 큰 소리로 대답했다.

"저를 주머니에 넣어주셨다면 어디 송곳 끝만 보였겠습니까? 아마 진즉에 주머니를 뚫고 튀어나왔을 것입니다."

평원군은 모수의 호언장담을 듣고는 일단 그를 사신에 포함시켰다.

초나라에 도착한 평원군은 초나라 왕과 조당朝堂에 앉아 진나라에 대항하는 방안을 논의했고, 모수와 다른 열아홉 명의 사신들은 모두 엎드려 있었다. 그런데 협상은 한나절을 끌도록 지지부진하여 결론이 나지 않았다. 양쪽 모두 지쳐가고 있을 때, 갑자기 모수가 당상堂上으로 뛰어 올라 가더니 이렇게 외쳤다.

"합종연횡중국 전국시대의 최강국인 진秦 · 연燕 · 제齊 · 초楚 · 한韓 · 위魏 · 조趙의 6국 사이의 외교전술이 필요하다는 것은 몇 마디만 해보면 자명한 일인데, 어찌 이리 질질 끌고 있습니까?"

초왕이 노발대발 화를 내며 호통을 쳤다.

"지금 네 주인과 천하의 대사를 논의하고 있거늘, 어찌 네 놈이 참견한단 말이냐? 썩 내려가지 못할까?"

그런데 모수의 행동이 점입가경이었다. 허리춤에 있던 보검을 빼어 들고 초왕 앞으로 나서더니, "천하의 대사라면 천하의 누구나가 말할 자격이 있거늘, 어찌 참견한다고 하십니까?"라며 더 크게 호통을 쳤다.

보검이 자신을 겨누자 초왕은 다소 누그러진 말투로 말했다.

"그럼 자네의 의견을 말해보게."

모수는 기다렸다는 듯 말했다.

"초나라는 오천 리의 땅에 백만 군대를 거느린 대국입니다. 하지만 진나라의 백기白起, 진나라의 장수는 대담하게도 수만의 군대로 초나라의 성을 이미 몇 개나 함락시키고, 초나라의 옛 도읍지마저 진나라의 영토로 편입시켰습니다. 이것이 폐하의 선왕께서 그들에게 유린을 당한 것과 다를 바가 무엇이겠습니까? 초나라 모든 백성들이 이 치욕과 원한을 잊지 못하고 있는데, 설마 군주로서 설욕할 생각도 없는 건 아니겠지요? 오늘 합종연횡을 논의하러 온 것이 초나라를 위함은 아니지만, 이 어찌 조나라만을 위한 일이겠습니까?"

모수의 말은 비수가 되어 초왕의 가슴을 정곡으로 찔렀다. 초왕은 달리 반박할 말을 찾지 못했다.

"자네 말이 맞네. 조나라와 손을 잡고 함께 진나라를 치겠네."

그러자 모수는 초왕의 신하에게 닭과 개, 말의 피를 동잔에 담아오게 한 후, 그것을 들고 초왕 앞에 무릎을 꿇었다.

"합종연횡에 대한 결심을 먼저 보여주십시오. 그 다음은 저희 군주께서 하시고, 제가 마지막으로 결의하겠습니다."

모수의 몇 마디 말로 초왕과 평원군의 혈맹이 성사된 것이었다. 옆에 있던 열아홉 명의 사신들 모두가 모수의 담력과 언변에 혀를 내둘렀고, 누군가는 "송곳이 드디어 주머니를 뚫고 나갔군"이라고 중얼거렸다.

평원군은 조나라로 돌아온 후, 모수를 상객上客으로 모셨다.

재능이 있어야 하는 것은 물론이거니와, 그 재능을 드러낼 기회를 얻어야 한다. 기회는 자신이 쟁취하는 것이다. 겸양이 미덕인 것은 사실이지만, 지나친 겸손함으로 자신에게 온 기회를 내쳐버리는 것은 어리석은 짓이다.

구천

085

일곱 가지 전략으로 오왕을 공략하다

오왕吳王 부차夫差에게 패배하고 돌아온 월왕越王 구천勾踐은 패배에 승복하지 못한 채 줄곧 부차에게 복수할 수 있는 방법에만 매달렸다. 구천에게는 범려라는 지략이 뛰어난 명신이 있었는데, 하루는 범려가 그에게 말했다.

"약소국이 강대국을 무너뜨리려면 강하게 공격해서는 안 됩니다. 제게 오나라를 무너뜨릴 수 있는 일곱 가지 계책이 있습니다."

범려가 제안한 일곱 가지 계책에는 미인계와 화려한 궁을 짓도록 하는 방법이 포함되어 있었다.

구천은 범려의 제안을 받아들여 미인계를 사용하기로 결심하고, 직접 백성들 사이를 암행하며 절세미인들을 선발해 부차에게 보냈다. 이름난 호색한이었던 부차는 그 미인들 중에서도 특히 서시西施와 정단鄭旦을 총애하여 애첩으로 삼았다. 나라의 중책을 짊어진 두 미녀는 온갖

교태와 미모로 부차를 손안에 놓고 쥐락펴락했고, 부차는 그녀들의 환심을 사기 위해 훌륭한 목재와 목수들을 동원해 장락궁長樂宮과 고소대姑蘇臺를 짓도록 명령했다. 이 소식을 들은 범려는 기회가 왔다고 생각하고 구천에게 비책을 제안했다.

"부차가 장락궁과 고소대를 짓기로 했다고 합니다. 그러려면 좋은 목재가 많이 필요할 것이니 가장 좋은 목재들을 가져다 바치면 흔쾌히 받을 것이옵니다."

구천은 범려의 계략에 따라 목수 수천 명에게 아주 커다란 목재를 구해오도록 시켰다. 목수들은 일 년 동안 각지를 돌며 굵기가 20척에, 길이가 400척에 달하는 커다란 나무를 찾아와 구천에게 보고했다. 그러자 구천은 그 앞에 제단을 차려놓고 하늘에 제사를 지낸 후, 나무를 베어내 내로라하는 목수들을 시켜 그 위에 오색영롱한 용을 조각하도록 했다. 조각이 완성되자 범려는 그것을 가지고 오나라로 향했다.

범려가 오나라에 도착하자, 부차는 생전 처음 보는 커다란 나무와 더 이상 정교할 수 없을 것 같은 조각을 보며 입을 다물지 못한 채 흐뭇해했다. 그는 그 자리에서 이 목재를 미녀들이 노닐 고소대의 대들보로 사용하라고 명령했다.

부차는 이 내형 공사를 위해 수많은 백성들을 부역에 동원했다. 덕분에 국고는 완전히 바닥났고, 민생까지 궁핍해지면서, 부차를 원망하는 목소리가 온 천지에 들끓었다.

이렇듯 구천은 와신상담臥薪嘗膽, 오나라와의 전쟁에서 패한 월왕 구천이 이에 복수하기 위해 장작더미 위에 누워 자고 쓰디쓴 곰의 쓸개를 핥으며 패전의 굴욕을 되씹었다는 이야기에서 유래된 고사성어으로 자신을 다잡고, 여러 가지 계략을 사용한 끝에 마침내 강대국인 오나라를 멸망시킬 수 있었다.

누구나 특별히 좋아하거나 애착을 갖는 것이 있다. 하지만 대부분의 사람들은 여기에 사람을 미혹하는 강력한 힘이 있다는 사실을 간과하고 만다. 그래서 분명히 족쇄인 것을 종종 아름다운 목걸이로 착각하는 것이다.

초장왕

086

큰 지혜를 가지고도 우둔한 척하다

초楚나라 장왕莊王은 왕위에 오른 지 3년이 다 되도록 국사는 나 몰라라 하고, 오로지 호사스러운 술잔치에 빠져 방탕한 생활을 일삼았다.

처음에는 신하들도 그가 즉위한 지 얼마 되지 않았다며 너그럽게 보아 넘겼지만, 시간이 가도 장왕의 행동이 나아질 기미가 보이지 않자 슬슬 걱정이 되기 시작했다. 장왕이 신하들의 간섭이 귀찮다며, 방문 위에 "감히 간섭하는 자가 있으면 사형에 처하겠노라"라고 적힌 현판까지 걸어 두었으나, 기개 있는 충신들은 죽음을 무릅쓰고 왕에게 직언을 했다. 하지만 장왕에게는 소귀에 경 읽기였다.

보다 못한 신하 오거伍擧가 좋은 꾀를 생각해내서는, 장왕을 찾아가 아뢰었다.

"폐하, 소신이 수수께끼를 하나 내어보겠사옵니다."

"그래? 속히 말해보게."

호기심이 발동한 장왕이 그를 재촉했다.

"산 숲에 한 마리의 새가 날아와 앉았는데, 삼 년이 되도록 꼼짝도 하지 않으며, 날지도 울지도 않습니다. 이 새를 과연 새라고 부를 수 있겠사옵니까?"

오거의 말에 장왕도 속으로는 무언가 짚이는 것이 있었지만, 겉으로는 내색하지 않고 천연덕스럽게 말했다.

"삼 년 동안 날지도 울지도 않았지만, 한 번 날면 하늘에 닿을 것이요, 한 번 울면 사람을 놀라게 할 것이네. 경의 뜻은 알았으니 물러가 있도록 하게."

오거가 물러나며 속으로 생각했다.

'폐하가 정말로 내 뜻을 알아차렸을까? 진정 그렇다면 얼마나 좋을꼬?'

그러나 그 후로 몇 달이 지나도록 장왕은 여전히 그대로였다. 아니, 방탕한 생활이 수그러들기는커녕 오히려 더 심해졌다. 간신들은 내심 쾌재를 불렀고, 충신들의 마음은 새까맣게 타들어갔다.

그러던 어느 날, 신하 소종蘇從이 더이상 참지 못하고 단도직입적으로 장왕을 책망했다.

"폐하는 일국의 군주이십니다. 그러하신 분이 어찌 매일 이렇게 쾌락에만 탐닉하십니까? 마땅히 정사에 몰두해 이 나라를 다스려야 할 것이 아닙니까?"

하지만 장왕은 오히려 소종에게 호통을 쳤다.

"경은 문 위에 붙여놓은 글을 못 보았는가? 간언하는 자는 사형에 처한다는 사실을 모르는가?"

"알고 있습니다. 하지만 이렇게 해서라도 폐하가 뉘우칠 수 있다면 이 한 목숨 죽어도 여한이 없을 것입니다."

"알았네. 피곤하니 모두 물러들 가게. 좀 쉬면서 생각해보겠네."

퇴궐한 후 신하들은 모두 모여 대책을 논의했다. 하지만 왕의 속내를 도통 짐작할 수가 없었다. 왕의 총애를 받는 간신들은 간언을 일삼는 저 늙고 고집스런 신하들이 이번에는 저승길을 면치 못할 것이라고 생각하고 속으로 희희낙락했다.

그러나 간신들의 추측은 여지없이 빗나갔다. 장왕은 문란한 생활을 정리하고 돌연 정치 개혁의 칼을 빼어 들었다. 완전히 다른 사람으로 바뀐 것이다. 그는 우선 자신의 방탕한 행동을 방조하고 부추긴 간신들을 엄격히 처벌하고, 오거와 소종 등 죽음을 무릅쓰고 간언했던 충직한 신하들에게는 후한 상과 함께 요직을 맡겼다. 그의 말대로 3년을 날지 않던 새가 거침없는 기세로 비상한 것이다.

자신의 의도를 너무 극명하게 드러내면 목적을 달성하지 못하거나, 심지어 함정에 빠지는 경우가 종종 있다. 커다란 지혜를 가졌지만 우매한 듯 행동하며 가만히 세태의 변화를 조망하는 것이 때로는 가장 정확하고 안전한 선택이 될 수 있다.

087

상앙

기둥을 세워 신뢰를 쌓다

전국시대 위衛나라에 한 몰락한 귀족 가문의 자제가 있었다. 청운의 뜻을 품고도 그 뜻을 펴지 못하고 있던 그는 진秦나라 효공孝公이 어진 인재를 아끼고 널리 받아들인다는 소문을 듣고 진나라로 갔다. 그는 효공에게 부국강병에 대한 자신의 주장을 설파했고, 효공은 그의 안목을 높이 평가하며, 그에게 변법變法을 실시하라는 임무를 맡겼다.

이 사람이 바로 상앙商鞅이다.

상앙이 새로운 법을 정하고 강력한 변법을 실시하려고 했지만, 진나라 귀족들은 하찮은 풋내기 따위가 변법을 실시해 자신들의 기득권을 빼앗으려 한다며 강하게 반발하고 나섰다.

귀족들의 저항에 부딪힌 상앙은 변법을 성공시키려면 자신이 위엄을 갖추고, 백성들로부터 신임을 얻어야만 한다는 사실을 깨달았다. 하지만 작은 나라에서 온 몰락한 귀족 출신으로서 이런 위엄을 갖추었을 리

만무했다.

그는 스스로 위엄을 세우기로 결심했다.

그는 우선 병사들을 시켜 함양咸陽의 남문 밖에 세 길이나 되는 나무 기둥을 세우게 하고, 이 기둥을 북문 밖으로 옮기는 사람에게 황금 열 냥을 주겠다고 선포했다.

방이 나붙자 사람들이 하나 둘 모여들었지만, 누구도 선뜻 기둥을 옮기겠다고 나서지는 않았다. 상앙의 속에 무슨 꿍꿍이가 있는지 알 수 없었고, 그만한 일에 황금 열 냥을 주겠다는 말 자체도 믿을 수가 없었기 때문이다.

'나무 기둥을 몇 발짝 옮기면 황금 열 냥을 준다고? 세 살짜리 어린애나 믿을 일이구먼!'

얼마 안 있어 사람들이 콧방귀를 뀌며 뿔뿔이 흩어졌다.

그렇게 며칠이 흐르도록 기둥을 옮기겠다는 사람이 나타나지 않자, 상앙은 상금을 황금 오십 냥으로 올렸다.

그러나 오히려 백성들의 의심만 더욱 커질 뿐이었다. 황금 열 냥만 해도 후하디 후한 상금인데 오십 냥이라니, 하늘에서 별이 떨어진다 해도 그만한 횡재는 아닐 듯했다.

그런데 사흘 후, 한 청년이 기둥을 옮기겠다며 나섰다. 사실 그도 상금에 대한 기대는 없었고, 순전히 호기심 때문에 나선 것이었다. 그는 기둥을 번쩍 들어 올리더니 가뿐하게 북문 밖으로 옮겨놓았다.

그러자 상앙은 즉시 약속대로 황금 50냥을 그에게 주라고 명령했다.

이 일이 있은 뒤, 상앙은 백성들에게 말한 것은 반드시 지키는 인물로 각인되었고, 그는 이때를 놓치지 않고 변법을 선포했다. 예상대로 그의 변법은 백성들로부터 전폭적인 지지를 받으며 진나라의 부강과 전국 통일의 초석을 마련할 수 있었다.

남들로 하여금 자신을 믿게 만들려면 우선 행동으로 보여주어야 한다. 특히 큰일을 하기 전에는 더욱 그러하다. 큰일을 추진하면서 남들에게 지지를 받지 못하는 것은 그들에게서 신임을 얻지 못했기 때문이다. 만약 신임을 얻었다면 도움을 줄 수 있는 사람들이 팔짱을 낀 채 강 건너 불구경하듯 관망할 리가 없다.

088 항우 

스스로 퇴로를 차단하다

기원전 207년 11월, 진나라의 대장수 장한章邯이 주력부대를 이끌고 거록성巨鹿城으로 진격했다. 치열한 전투가 벌어지고 있는 가운데, 성을 지키고 있던 조나라 군대는 병력도 열세인 데다가 군량미도 다 떨어져 매우 위급한 상황에 처하게 되었다.

연燕나라 군대가 급하게 지원하러 달려왔지만, 진나라 군대의 맹렬한 기세에 지레 겁을 먹어 싸울 엄두도 내지 못하고, 부근에 군영을 차려놓은 채 사태를 관망했다.

천하를 도모하려는 야심을 가지고 있던 초나라의 왕 항우項羽가 전세를 가만히 분석해보니, 이 전투를 잘만 이용하면 자신이 어부지리로 승리할 수 있을 것 같았다. 하지만 안타깝게도 항우는 천하에 이길 자가 없는 용맹함에 비해 지모는 갖추지 못했다. 더군다나 진나라 군대가 병력 면에서 월등했기에 아무리 용맹한 항우라 할지라도 무턱대고 공격할 수는 없었다. 마땅한 수가 없어 안달하고 있을 때, 한 책사가 그에게 묘안을 제시했다.

항우는 우선 군사 2만을 보내 진나라 군대의 보급로를 끊게 하고, 자신도 군사들을 이끌고 강을 건넜다. 그러고는 군사들에게 배는 물론 밥 짓는 가마솥과 시루까지, 강을 건너는 데 사용할 수 있는 물건들은 모조리 부수어버리라고 명령했다. 퇴로를 완전히 차단한 것이었다.

항우는 군영의 막사까지 불태운 뒤, 병사 한 명당 딱 사흘치의 식량만 지니도록 했다. 말 그대로 임전무퇴의 전투태세였다. 앞에는 강력한 군대가 버티고 있고 뒤에는 퇴로가 없으니, 이제 남은 길은 싸워서 이기느냐 진나라 병사의 칼 아래 죽느냐, 그 두 가지뿐이었다. 다른 선택의 여지는 없었다. 죽도록 싸우는 것뿐!

초나라 군대의 사기는 하늘을 찔렀다. 그들은 진나라 군대가 미처 응전 태세를 취할 겨를도 없이 맹공을 퍼부었다. 병사 한 사람 한 사람이 목숨을 완전히 내놓은 것처럼 싸웠다. '일당백'의 용맹이란 바로 그들을 두고 하는 말이었다. 몇 차례의 교전으로 완전히 전의를 상실한 진나라 군대는 뿔뿔이 흩어져 도망치기에 바빴다.

항우는 말을 타고 가장 선봉에 서서 병사들을 격려하며 위용을 떨쳤고, 진나라에 반감을 가지고 있던 일부 진나라 장수들은 군영에 몸을 숨긴 채 항우를 바라보며 놀라움을 금치 못했다. 그들은 초나라 군대의 그런 결사의 투지가 어디에서 나오는 것인지 이해할 수 없었다. 대전투가 막을 내린 후 그들은 모두 항우의 발 앞에 엎드려 머리를 조아리며, 자신들을 부하로 받아달라고 애원했다.

이 전투는 항우가 초나라에서 패왕으로 군림하는 데 기초가 된 결정적인 일전이었다.

최대의 투지를 발휘하지 못하는 것은 자신에게 너무도 많은 퇴로가 있기 때문이다. 어떤 사람은 대학 졸업장을 가지고도 박봉을 받으며 일하는데, 어떤 사람은 초등학교 졸업이 전부인 학력으로도 큰 회사의 사장이 된 경우를 생각해보자. 이런 현상이 나타나는 이유는, 대학을 졸업한 사람은 잠재의식 속에 '좋든 나쁘든 직업이 있으니 일부러 나 자신을 힘들게 할 필요가 없다'는 생각이 깔려 있지만, 초등학교만 졸업한 사람은 '나는 아무것도 가진 게 없으니 피나는 노력을 해야 한다'고 스스로를 채찍질하기 때문이다. 자신을 굶주리는 상황으로 몰아넣으면 절대로 굶어 죽지 않지만, 먹고사는 데 문제가 없다고 만족해버리면 평생 동안 먹고 입을 걱정에서 벗어나지 못할 것이다.

089 유방 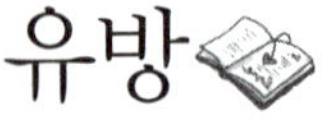

명령에 충실함으로써 재기하다

초나라의 회왕懷王은 진나라를 패망시킨 후, 군대를 동로군과 서로군으로 나누어 동로군 70만은 항우에게, 서로군 10만은 유방劉邦에게 통솔권을 주고 동시에 관중關中으로 진격하도록 했다. 그러면서 회왕은 한 가지 약속을 했다. 먼저 관중에 다다른 자를 관중왕으로 삼겠다는 것이었다.

그 결과 먼저 관중에 입성한 유방이 관중왕이 되었다. 하지만 그보다 훨씬 많은 병사들을 이끌고 있었던 항우는 이에 승복하지 못한 채 유방을 제거할 음모를 꾸몄다. 다행히도 유방은 장량張良 등의 도움으로 화를 면할 수 있었다. 그러자 항우는 이번에는 패왕覇王을 자처하면서 유방을 한왕漢王으로 봉한 후 남정南鄭으로 보내려고 했다. 그때, 항우의 책사인 범증范增이 극구 반대하고 나섰다.

"남정은 안으로는 든든한 산이 있고, 밖으로는 높고 험한 고개가 즐비한 천혜의 요새입니다. 유방을 그리로 보내는 것은 호랑이를 산에 풀어주는 것이나 마찬가지입니다."

항우가 물었다.

"그를 죽일 다른 묘책이 있겠느냐?"

"물론입니다. 유방이 등청하면 그에게 남정으로 보내려는데 가겠느냐고 물어보십시오. 만약 가겠다고 하면, '짐도 경이 그리로 가고 싶어한다는 것을 알고 있었소. 그곳은 군대를 기르고 장수들을 훈련시키며, 또 군량미를 비축하기에 아주 좋은 곳이지. 그러니까 경은 실력을 쌓아 나를 상대로 천하를 놓고 겨루어보려는 것이오. 내 말이 틀리오? 경에게 나를 전복시키려는 의도가 있음이 분명하오'라고 말하고 목을 치십시오. 그리고 만약 그가 가지 않겠다고 한다면, '경이 가기 싫어한다는 것을 알고 있었소. 사실 회왕께서 관중에 먼저 다다르는 이를 관중왕으로 삼겠다고 약조했고, 경이 먼저 관중으로 들어갔으니 관중왕이 되는 것이 마땅하지. 관중왕이 된 마당에 남정으로 가라는데 갈 리가 있겠소? 그렇다면 여기에 남아 날 무너뜨리려는 심산이 아닌가? 그럴 바에는 경을 죽여 후환을 없앨 수밖에 없소'라고 말하고, 바로 처형하십시오. 어느 쪽이든 유방은 죽음을 면하기 힘들 것입니다."

느디어 유방이 알현하러 오자, 항우가 말했다.

"경을 남정으로 보낼 생각이오. 어떻소? 남정으로 가겠소?"

항우는 탁자를 치며 유방을 다그쳤다. 유방은 매우 난처했다. 가고 싶기는 했지만 그대로 말할 수가 없었기 때문이다. 그는 하는 수 없이 다급한 말투로 말했다.

"폐하, 나라의 녹을 먹는 소신이 어찌 폐하의 명을 거역하겠사옵니까. 소신은 폐하가 무엇을 시키시든 그 명에 따를 것이옵니다."

가만히 들어보니 트집을 잡을 만한 구석이 없었다. 항우도 속으로는 애가 탔지만 어쩔 수 없었다.

"그럼 남정으로 가지 마시오."

"네. 분부대로 하겠사옵니다."

이렇듯 진심을 숨기고 유방은 애매모호한 대답을 함으로써 위기 상황을 넘길 수 있었다.

스페인의 철학자 발타자르 그라시안은 자신의 책 『세상을 여는 지혜의 황금 열쇠』에서 이렇게 말했다. "함축은 자기통제에서 나오며, 때로는 침묵을 유지해야 진정으로 승리할 수 있다." 상대의 의도를 확실히 알기 전에는 경솔하게 자신의 진심을 드러내지 않는 것이 좋다.

진자앙

090

호금을 내팽개쳐 기선을 제압하다

당나라 때 지금의 쓰촨성四川省에 학식이 뛰어난 한 청년이 있었다. 그는 당시 도읍인 장안長安에 가서 뜻을 펼치기로 하고 혈혈단신 그곳으로 향했다.

큰 포부를 가지고 장안에 도착했지만, 무명의 젊은이를 알아주는 사람이 있을 리 없었다.

이 문제로 고심하던 그가 어느 날 저잣거리에 나갔다가 호금胡琴을 1백 민緡, 논 꾸러미에 팔겠다는 한 상인을 만나게 되었다. 사람들은 호금을 둘러싸고 구경만 할 뿐 가격이 너무 비싸 살 엄두를 내지 못했다.

이 청년도 처음에는 살 생각이 없었다. 호금에 별 관심이 없었기 때문이다. 하지만 몸을 돌려 가던 길을 가려는데 갑자기 번뜩 떠오르는 생각이 있었다.

그는 곧 가진 돈을 모두 털어 그 호금을 샀다. 그가 호금을 사자 사람들은 그에게 모여들어 호금을 연주할 수 있는지를 물었다.

"내 호금 연주를 듣고 싶다면 내일 나한테 오시오!"

그가 호기롭게 말했다.

과연 이튿날 많은 사람들이 모여들었다. 어제 그가 호금을 사는 것을 직접 보지는 못했지만, 소문을 듣고 온 사람들도 꽤 있었다.

청년은 먼저 사람들에게 좋은 술과 맛깔스런 음식을 대접한 뒤 식사가 끝나자 호금을 들고 사람들을 둘러보며 말했다.

"나는 일백 편도 더 되는 글을 지어 도읍으로 왔지만 알아주는 이가 아무도 없었습니다. 호금 따위는 미천한 악공들이나 타는 것인데, 내 어찌 이런 것에 관심을 가질 수 있겠습니까?"

말을 마친 청년은 호금을 그 자리에서 바닥에 거세게 내동댕이쳤다. 그러고는 자리에 모인 사람들 모두에게 자신의 글을 하나씩 선사했다.

그의 글은 누가 보아도 수려했기에 사람들의 찬사가 이어졌고, 이렇게 해서 하루 만에 도읍의 거의 모든 사람들이 그를 알게 되었다.

그가 바로 당나라 때의 대문호 진자앙陳子昂이다.

인기가 성공을 좌우한다. 실제로 갖고 있는 재능이 가장 중요한 문제는 아니다. 중요한 것은 남들이 당신의 재능을 알아보는 데 있다. 성공하려면 재능을 쌓기 위해 노력하는 것은 물론이거니와 남들에게 자신을 알리고 인정받는 것도 그만큼 중요하다.

091

이세민

새로운 방식으로 궁전을 짓다

당태종唐太宗 이세민李世民은 중국 역사상 가장 위대한 성군으로 추앙받는 인물이다. 그는 이미 젊은 시절부터 어떤 문제를 해결하는 데 남다른 지혜를 발휘했다.

수양제隋煬帝가 황제로 있던 시기에 한 간신이 이세민의 아버지인 이연李淵과 사이가 좋지 않아 그를 모살하기로 하고, 수양제를 찾아가 이렇게 제안했다.

"이연에게 백 일 안에 궁전을 지으라고 명하시고, 만약 짓지 못하면 그를 처형하십시오."

100일 동안 어떻게 궁전을 지을 수 있단 말인가?

이연은 명을 받자마자 그 간신이 자신을 모해하기 위해 꾸민 일이라는 것을 알아챘다. 어명을 따르자니 궁전을 짓지 못해 처형당할 것이 뻔했고, 따르지 않자니 어명 불복으로 역시 목이 달아날 것이었다. 이

래저래 죽을 목숨이었다.

이 일로 식음을 전폐하고 고심하고 있던 이연에게 그의 아들 이세민이 묘안을 내놓았다.

"백 일 안에 궁전을 짓는 것이 어려운 일이기는 하나 전혀 불가능한 일은 아닙니다. 커다란 궁전을 짓지 못하면, 대신 작은 궁전을 지으면 되지 않습니까? 궁전의 모양새가 황제 폐하의 마음에 들기만 한다면, 그 크기는 문제될 것이 없습니다. 시간이 촉박하니, 후한 돈을 주고 노련한 목수들을 불러다가 도움을 청하는 것이 좋겠습니다."

이세민은 아들의 말에 일리가 있다고 생각하고는 훌륭한 목수를 구한다는 방을 붙였다. 그러자 각지에서 내로라하는 목수들이 몰려들어 묘안을 짜냈으니, 과연 100일도 되지 않아 궁전을 완성할 수 있었다.

궁전은 비록 작았지만 정교하고 화려한 것이 수양제의 마음을 사로잡기에 충분했다. 하지만 이연을 모해하려던 간신은 단념하지 않고 또 이렇게 간언했다.

"백 일 안에 이런 궁전을 짓는 것은 불가능한 일입니다. 이는 분명 이연이 스스로 사용하기 위해 미리 지어놓았던 궁전일 것입니다. 사사로이 궁전을 짓는 것은 모반을 꾀함과 다를 바 없습니다."

어리석고 잔혹하기로 유명했던 수양제가 이 말을 듣고 가만히 있을 리 없었다. 그는 당장 이연을 불러다가 처형하라고 명령했다.

이때 이세민이 나서서 수양제에게 아뢰었다.

"이 궁전은 백 일 동안 지은 것이 확실합니다. 사람을 시켜 조사해보십시오. 만일 그 전에 미리 지어놓았던 것이라면 못에 녹이 슬고, 기와에 이끼가 자라 있을 것입니다."

수양제가 사람을 시켜 조사해보니 과연 궁전은 새로 지어진 것이 분명했다. 수양제는 이연을 석방하고 이연 부자에게 큰 상을 내렸다.

이연에게 내려진 과제는 '궁전을 지으라는 것'이었지, '커다란 궁전을 지으라는 것이 아니었다. 그것의 간파가 바로 성공의 핵심이었다. 문제가 있으면 언제나 해결 방법이 있게 마련이다. 좀처럼 해결 방법을 찾을 수 없다면 고개를 돌려 자신이 처한 문제가 무엇인지 곰곰이 되새겨보라. 그리고 각도를 달리해 생각해보면 곧 돌파구를 찾을 수 있을 것이다.

092

배명례

외부의 힘을 절묘하게 이용하다

당唐나라 때 배명례裴明禮라는 유명한 상인이 있었다. 당시 배명례가 사는 마을에는 공터가 하나 있었는데, 그 공터 한가운데에는 커다란 물웅덩이가 있었다. 그 땅의 주인에게는 물웅덩이가 늘 고민이었다. 땅이 강 어귀에 있어 위치상으로는 매우 좋았지만, 물웅덩이를 메울 길이 없었으니 쓸모없는 땅이나 마찬가지였다. 게다가 사방에서 더러운 물들이 계속 그 웅덩이로 흘러들어 악취가 진동했다. 결국 땅 주인은 이 땅을 팔기로 결심했다.

세상에 그런 땅을 살 사람이 과연 있을까? 그런데 뜻밖에도 배명례가 사겠다고 나섰다. 그는 땅 주인을 찾아가 헐값에 그 땅을 사들였다.

"배명례 그 얼간이는 그런 땅을 사서 무엇에 쓰겠다는 거야? 설마 저수지를 만들려는 건 아니겠지?"

주변 사람들 모두가 그를 비웃었다. 당시에는 그런 웅덩이를 메울 만한 기계가 없었기에 사람이 직접 흙을 퍼다 날라야 했는데, 그러자면 그 인건비만 해도 다른 좋은 땅을 사고도 남을 것이었다. 하지만 배명례는 바보가 아니었다.

이튿날 사람들은 그 웅덩이 옆에 커다란 나무 기둥이 세워져 있는 것을 보았다. 기둥 위에는 작은 바구니가 걸려 있고, 그 옆에 이런 팻말이 붙어 있었다.

"여기에서 열 보 밖에 있는 돌멩이와 흙덩이, 기왓장 등을 가져다가 이 바구니에 던져 넣는 사람에게 한 번에 백 문文씩 주겠소."

돌멩이 한 번 던지는 데 100문씩 주겠다니, 세상에 그보다 더 쉽게 돈을 버는 일이 있을까? 이 소식이 알려지자 수많은 사람들이 앞 다투어 돌멩이와 흙덩이, 기왓장 등을 던지기 시작했다. 그런데 바구니가 너무 높이 달려 있었던 탓에 실제로 돌멩이를 바구니 안에 넣는 사람은 극소수에 불과했다. 자연히 배명례에게서 상금을 받아가는 사람도 매우 적었다.

며칠이 지나자 사람들이 바구니에 던졌지만 들어가지 못하고 떨어진 돌멩이와 흙덩이, 기왓장으로 웅덩이는 완전히 메워졌다. 버려진 땅이 금싸라기 땅으로 거듭난 것이다. 배명례는 이 땅을 기반으로 막대한 재산을 벌어들여 만방에 이름을 떨치게 되었다.

무슨 일을 하든 일단 능력을 가늠해서 일을 추진해야 한다. 이 말은 자기 능력에 맞춰 목표를 세워야 한다는 말과 일맥상통한다. 그런데 여기에서 '능력'이란 외부의 능력까지도 포함한다. 누구든 혼자만의 능력으로 일을 하자면 한계에 부딪힌다. 하지만 외부의 능력을 끌어들이면 그 힘이 무궁무진해진다. 외부의 힘을 잘 이용할 줄 아는 사람이 큰일을 성사시킬 수 있다.

조광윤

093

적을 가까이 하고 벗을 멀리 하다

서기 959년, 대장수 조광윤趙匡胤은 송나라를 세우고 황제로 즉위했다. 그는 나라를 세운 지 얼마 되지 않아 그 유명한 '배주석병권杯酒釋兵權, 조광윤이 부하들에게 연회를 베풀고 술잔을 돌려 하룻밤 만에 병권을 내놓게 했다는 일화' 사건으로 자신을 위해 혁혁한 공을 세운 개국공신이자 오래도록 동고동락한 벗들을 모두 낙향시켜 말년을 보내게 만들었다.

하지만 적에 대한 그의 태도는 완전히 달랐다. 서기 971년, 남한南漢의 유후주劉后主가 반란을 일으켰다가 투항하자, 조광윤은 그를 죽이지 않았을 뿐만 아니라 높은 직책으로 등용하고, 황궁으로 불러 연회까지 베풀었다. 그 자리에서 조광윤이 술을 따라주자, 유후주는 그가 자신을 죽이려고 술잔에 독을 넣었다고 생각하여, "폐하, 너그럽게 저를 용서하시어 목숨만은 살려주십시오. 부디 제게서 이 술을 거두어주십시오"라고 애원했다. 그러자 조광윤은 그 자리에서 잔에 든 술을 단숨에

들이켜 독이 들어 있지 않음을 몸소 증명했다. 그 후로 유후주는 조광윤의 가장 믿을 수 있는 친구이자, 충성스런 신하가 되었다.

당시 중국에서는 군웅이 할거하여 온 나라가 분열되어 있었다. 한번은 오월왕吳越王이 전쟁에 패하자, 조광윤의 신하는 그가 조광윤을 모살하려고 했다는 증거를 바쳤다. 그런데 오히려 조광윤은 오월왕을 만난 자리에서 예의를 갖추어 대접한 후, 그에게 편지 한 통을 건네주며 돌아가는 길에 펴보라고 했다.

오월왕이 돌아오는 길에 편지를 펼쳐보니, 그 안에는 자신이 조광윤을 모살하려고 했다는 증거들이 빼곡히 적혀 있었다. 오월왕은 조광윤의 관대함과 넓은 아량에 탄복하지 않을 수 없었고, 그때부터 오월은 송나라의 가장 충성스러운 속국임을 자처했다.

친구가 당신을 배신하려고 마음먹으면 그를 대비하는 것은 거의 불가능하다. 친구는 당신의 약점을 누구보다도 잘 알고 있기 때문이다. 하지만 어제의 적에서 오늘의 친구가 된 사람은 당신의 약점을 잘 알지 못하기 때문에 당신을 해치기가 쉽지 않다. 친구의 배신을 경계하는 가장 효과적인 방법은 친구와 일정한 거리를 유지하는 것이다. 적에서 동지로 바뀐 사람들, 즉 당신에게 고마운 마음을 가지고 있는 사람들을 더 많이 이용하는 것이다.

094 주현소

강산을 버리다

어느 날 명태조明太祖 주원장朱元璋이 대전의 벽에 「천하산하도天下山河圖」를 걸어놓아야겠다는 생각이 들어, 화공畵工인 주현소周玄素를 불러 이 중책을 맡겼다.

그런데 주현소는 그렇게 큰일을 맡았다가 자칫하면 목숨을 부지할 수 없으리라는 사실을 잘 알고 있었다. 그는 공손한 태도로 머리를 조아리며 말했다.

"소인이 아직 천하를 다 둘러보지 못했고, 또 식견이 얕아 그렇게 중요한 그림을 그릴 깜냥이 부족하옵니다. 폐하께서 먼저 대강의 그림을 그려주시면 제가 윤색을 하는 것이 좋을 듯하옵니다."

그러자 주원장은 주현소의 말에 일리가 있다고 생각하고, 직접 붓을 들어 밑그림을 그리더니, 주현소에게 윤색을 하라고 지시했다. 이에 주현소가 물었다.

"폐하께서 정하신 강산을 제가 마음대로 고쳐도 되겠사옵니까?"

그 말을 들은 주원장은 번뜩 이런 생각이 들었다.

'천하는 내가 도모한 것이고 강산도 내가 정한 것인데, 이것을 누가 감히 마음대로 고친다는 말인가?'

결국 주원장은 너털웃음으로 주현소를 돌려보냈다.

할 수 있다고 해서 모두 해야만 하는 것은 아니다. 또 해야 할 일이라고 해서 모두 해도 좋은 것은 아니다. 용감하게 자신을 드러내고 자신이 우수한 인재라는 것을 보여줄 필요도 있지만, 이런 행동에는 위험이 도사리고 있음을 명심하고, 반드시 심사숙고한 후에 행동으로 옮겨야 한다. 자신의 능력을 과시하다가 비참한 말로를 맞이하게 된 사람들은, 때를 잘못 선택해서 두각을 나타낸 것이 그 원인인 경우가 많다.

이홍장

095

좌종당을 무너뜨리다

청淸나라 말기, 이미 말년이 된 좌종당左宗棠이 이홍장李鴻章의 발목을 붙잡는 상황이 벌어지고 말았다. 이홍장은 어떻게 해서든지 좌종당을 실각시키고 싶었다.

'그런데 도대체 어떻게 해야 목적을 이룰 수 있을까?'

이홍장은 곰곰이 헤아려보았다. 당시 좌종당은 큰일을 맡아 하느라 많은 자금이 필요했지만, 조정의 국고가 넉넉지 못해, '홍정상인紅頂商人, 상인으로는 처음으로 1품 관직에 오르면서 얻은 별칭'으로 불리는 호설암胡雪岩에게 대부분의 자금을 지원받고 있었다. 이홍장은 좌종당을 무너뜨리려면 우선 그의 자금줄인 호설암부터 제거해야 한다고 생각했다.

자세히 조사해보니, 호설암은 전장錢庄, 오늘날의 은행과 비슷한 사설 금융기관과 당포當鋪, 오늘날의 전당포, 생사生絲 거래, 그리고 약방 경영 등 여러 가지 사업에 손을 대고 있었는데, 그중에서 가장 주된 사업은 바로 전장이었다. 무슨 사업이든 자금이 있어야 하는 법, 전장이 파산한다면 다른 사업은 저절로 무너지게 될 것이었다. 그리고 전장의 생명은 뭐니 뭐니 해도 신용이었으므로 이홍장은 공격 대상을 호설암이 운영하는 전장의 신용에 맞추었다.

이홍장은 묘안을 짜내어 호설암의 전장에 돌이킬 수 없는 타격을 입혔다. 호설암의 전장에 자금 회전이 되지 않는다는 소문이 삽시간에 상해上海 전역으로 퍼졌고, 전장에 돈을 맡겼던 사람들이 너나없이 몰려들어 돈을 찾아가겠다 아우성이었다.

결국 전장의 금고는 얼마 버티지 못해 바닥을 드러냈고, 돈을 찾으러 온 사람들의 행렬은 연일 길게 늘어서 있었다. 더이상 다른 선택의 여지가 없는 상황에서 전장은 결국 파산을 선언했다. 그러자 이홍장의 예상대로 연쇄효과가 나타나 한 시대를 풍미하던 호설암의 사업은 하루아침에 완전히 무너지고 말았다. 머지않아 이홍장의 최종 목적이 달성되었음은 물론이다.

겉으로 보이는 것에 정신을 팔거나 직접적인 목표에 미혹되어서는 안 된다. 직접적인 목표의 배후에는 종종 가장 공격당하기 쉬운 약점이 숨어 있다. 가장 약한 급소부터 공격하면 노력한 것보다 훨씬 더 큰 효과를 거둘 수 있다.

강희

096

오배를 축출하다

강희康熙가 황제의 자리에 올랐을 때, 그는 여덟 살이었다. 당시에는 황제의 나이가 어리면 선왕이 유언을 통해 지목한 신하가 임금의 정사를 보좌한다는 규정이 있었다. 이 규정에 따라 선왕 순치제順治帝가 붕어하기 직전 지목한 네 명의 신하들이 어린 강희를 보좌하게 되었다.

그런데 이 네 명의 신하들 가운데 오배鰲拜라는 자가 서서히 강력한 권력을 손에 쥐고 국사를 농단하기 시작했다. 어린 강희는 더이상 그의 고려 대상이 아니었다.

그러나 강희는 다섯 살 때 이미 시를 지을 정도로 출중한 재능을 타고난 인물이었다. 어린 그였지만 오배가 사사건건 자신과 대립하려 한다는 것을 알고 일찌감치 만일을 대비했다. 그는 만주족 귀족의 자제들을 불러 모아 궁에서 무예를 연마하게 하고, 그들을 자신의 친위대로 삼았다.

실세를 쥔 오배는 실력 있는 신하들이 황제에게 접근할까봐 늘 경계하며, 자신의 끄나풀을 황궁에 심어놓고 동정을 살폈다. 그의 목적은 강희와 뭇 신하들의 결속을 차단하는 것이었다. 다시 말해 강희를 완전히 외톨이로 만들어버릴 심산이었다. 그래야 자신이 어린 강희를 등에 업고 신하들 위에 군림할 수 있기 때문이다. 하지만 그런 주도면밀한 오배도 강희가 만주족 아이들과 황궁의 뜰에서 무예를 익히는 모습에는, 그저 어린아이들의 놀음놀이라고 생각했을 뿐, 큰 위협으로 여기지 않았다. 아니, 오히려 강희가 별다른 포부를 품지 않고 아이들과 어울려 놀기만 한다는 생각에 어느 정도는 안심하였다.

한번은 오배가 병을 핑계로 한동안 등청하지 않자, 강희는 그 진위를 알아보기 위해 직접 그를 찾아갔다. 그리고 마침 오배의 침소에서 예리한 칼이 숨겨져 있는 것을 발견했다. 오배가 정말로 다른 야심을 가지고 있다는 증거였다.

하지만 강희는 오배에게 죄를 묻기는커녕 대수롭지 않은 듯 말했다.

"칼을 항상 몸에 지니는 것은 우리 만주인들의 풍습이 아닙니까? 칼이 참 멋집니다."

이 말을 들은 오배는 강희가 정말로 철없도록 어리석은 아이라 생각하고 그 후로 더욱 거침없이 전횡을 일삼았다.

하지만 강희는 오배의 위문을 마치고 궁으로 돌아와 자신의 친위대에게 물었다.

"이 나라는 현재 바람 앞의 등불처럼 위태로운 상황이다. 너희는 나를 따를 것이냐, 아니면 오배를 따를 것이냐?"

친위대는 평소 강희로부터 후한 대우를 받아왔으므로 두말할 것 없이 강희를 지지했다. 이제 강희에게 필요한 것은 오배를 숙청하기 위한 본격적인 행동뿐이었다.

얼마 후 오배가 다시 등청했다. 그는 앞으로 자신에게 일어날 엄청난 일을 전혀 상상하지 못한 채 거들먹거리며 강희를 찾아왔다.

강희는 오배에게 자기 친구들이 씨름하며 노는 것을 보여주겠다고 했다. 그런데 씨름 시범을 보이던 아이들이 순간 강희의 신호와 함께 일사분란하게 오배를 둘러싸더니, 한 명씩 오배의 팔다리와 머리를 부여잡는 것이 아닌가.

한때 '만주 제일의 용사'라고 불렸던 만큼 오배도 그리 호락호락한 인물은 아니었다. 오배가 몇 차례 팔다리를 휘두르자 아이들은 바닥으로 내동댕이쳐지고 말았다.

그러나 강희에게 충성을 약속한 그들이었기에 순순히 그만둘 수는 없었다. 그들은 비록 오배를 제압하지는 못했지만, 죽기 살기로 매달리며 손을 놓지 않았다.

긴박한 상황이었다. 바로 그때, 강희가 품에 숨겨두었던 비수를 꺼내 오배에게 날렸다. 비수가 정확히 오배의 가슴팍에 꽂히자, 아이들이 모여들어 오배를 꽁꽁 묶었다. 그리고 그날, 강희는 오배가 모반을 꾀하였으므로 그를 하옥하여 심문하고 있다고 선포했다.

강희는 그때부터 오배와 그의 세력들을 축출해내고 친히 나라의 정사를 돌보기 시작했다. 그는 문文으로는 나라를 태평성세로 이끌고, 무武로는 삼번의 난1673~1681년 오삼계吳三桂와 상가희尙可喜, 경중명耿仲明 등의 삼번三藩이 청나라에 대하여 일으킨 반란을 평정하였으며, 대만을 수복하여 천하에 그 위용을 떨쳤다. 그렇게 그는 무려 60년간이나 보좌를 지키며 가장 위대한 황제로 역사에 길이 이름을 남겼다.

강력한 적에게 대응하려면 정면으로 맞서 싸우기보다는 지혜를 이용해 우회적인 방법으로 승리해야 한다. 돌덩이를 부수려면 여간한 힘으로는 아무리 쳐봐야 계란으로 바위 치기일 뿐이지만, 지혜를 이용하면 이야기가 달라진다. 돌덩이를 끓는 물에 넣고 계속 끓이면 결국 조각조각으로 부서진다.

097 마오쩌둥

호랑이한테 물려가도 정신만 차리면 산다

1927년 8월 7일, 중국 공산당 중앙위원회는 한커우漢口에서 소집한 긴급회의를 통해 마오쩌둥毛澤東을 중앙특파원 자격으로 후난성湖南省에 보내기로 했다. 후난성과 장시성江西省 일대에서 추수봉기를 주도하는 중책을 그에게 맡긴 것이다.

후난성에 도착한 첫날 밤, 마오쩌둥毛澤東은 류양의 장자팡에서 묵었고, 이튿날 새벽에 일어나 텅구銅鼓로 이동했다. 그는 슈수이修水와 안위안安源, 텅구 등지에 흩어져 있는 무장세력을 결집하고, 공농혁명군 제1군 제1사단으로 편제해 추수봉기의 주력부대로 삼을 생각이었다.

그런데 뜻밖에도 텅구로 가는 길목에서 국민당의 민단民團을 만나 감금을 당하고 말았다. 그들은 마오쩌둥을 민단 본부에서 처형하기로 했다. 본부로 압송되는 상황에서도 마오쩌둥은 줄곧 친근하고 온화한 표정으로 임무를 맡은 몇 명의 사병들에게 말을 건넸다.

"난 안위안에서 장사를 하고 있는 사람이오. 완자이万載에 가서 원단을 사고, 텅구에 가서는 차를 사야 합니다."

마오쩌둥은 의식적으로 주머니에 넣은 오른손으로 동전을 짤랑거렸다. 동전 소리가 나자 병사들의 두 눈에서 쉽게 알아채기 어려울 정도로 순간적인 섬광이 스쳤다. 하지만 마오쩌둥의 시선만은 피해갈 수 없었다. 그는 기다렸다는 듯이 가지고 있던 십여 개의 은전을 병사들에게 나누어주었다.

그리고 병사들이 동전을 손에 쥐고 히죽거리는 동안, 마오쩌둥은 유유히 그들에게서 빠져나와 산속 연못가에 있는 수풀에 몸을 숨겼다. 날이 점점 어두워지자, 뒤늦게 포위망을 펼치는 병사들의 발소리가 들렸고, 조금 멀리 떨어진 곳에서는 호루라기 소리가 끊임없이 들려왔다. 마오쩌둥은 빙그레 미소를 짓더니 아예 그 자리에 벌렁 드러누워 잠을 청했다. 얼마 후에는 한술 더 떠 코까지 골았다. 시간이 얼마나 지났을까. 그가 잠에서 깨어났을 때, 주위는 칠흑같이 어두웠다. 그는 서둘러 수풀에서 나와 잰걸음으로 다시 텅구로 향했다.

많은 사람들이 중대하거나 위급한 상황에서 패배하는 이유는 상대가 너무 강하다거나 상황이 열악하기 때문이 아니라, 대부분 스스로 침착성을 유지하지 못하기 때문이다. 위기에 처했어도 두려워하지 않고, 돌발적인 변화에 신속하게 대처해야 지혜를 충분히 발휘할 수 있으며 어려움에서 벗어날 수 있는 방법 또한 찾을 수 있다.

098 헤이하이타오

노랫소리로 성악의 대가를 감동시키다

어려서부터 외지고 낙후된 산베이陝北 지역에서 자란 헤이하이타오黑海濤라는 청년이 있었다. 음악을 매우 좋아했던 그는 음악에 대한 자신의 꿈을 이루기 위해 혈혈단신 베이징北京으로 상경했다. 그리고 낯선 땅에서 열심히 노력한 결과, 꿈에 그리던 베이징 음악대학에 입학하게 되었다.

어느 날 세계적인 성악가 파바로티가 베이징을 방문했다가 이 음악대학을 찾아왔다. 워낙 귀하고 드문 기회였기에 현지에서 어느 정도 재력을 갖춘 부모들은 앞 다투어 파바로티가 여는 공개 레슨에 자녀를 참가시켰다.

드디어 레슨이 시작되었고, 파바로티는 인내심을 가지고 학생들의 노래를 듣고 있었다. 바로 그때 창밖에서 한 학생이 고음으로 노래를 부르기 시작했다. 유명한 오페라 <투란도트> 가운데 '공주는 잠 못 이루고'라는 노래였다. 목소리의 주인공은 바로 산베이의 산골에서 온 헤이하이타오였다. 그는 자신의 여건으로는 파바로티를 만나기 어렵다는 사실을 알고, 창밖에서 직접 노래를 불러 들려주었던 것이다.

창 너머로 들려오는 노랫소리에 파바로티가 감탄하며 말했다.

"음색이 나와 아주 비슷하군요. 저 학생은 누구죠? 당장 만나야겠어요. 그를 내 제자로 삼고 싶어요."

훗날 파바로티는 헤이하이타오를 이탈리아로 데려가기 위해 직접 출국 수속을 도왔다. 하지만 아쉽게도 이탈리아에서 그에게 비자를 발급해주지 않았다.

1998년, 이탈리아에서 세계성악대회가 열리자 오스트리아에서 공부하고 있던 헤이하이타오는 파바로티에게 편지를 보냈다. 파바로티는 이 편지를 이탈리아 대통령에게 직접 보여주었고, 헤이하이타오는 그 덕분에 대회에 참석해 맘껏 기량을 발휘할 수 있었다.

현재 헤이하이타오는 오스트리아 왕립오페라단의 수석 가수로 활동하고 있다.

자신이 진정한 천리마라고 해도 남들에게 재능을 보여주지 않으면 인정받을 수 없다. 그 어느 때보다도 경쟁이 치열한 오늘날, 두각을 나타내려는 사람들은 너무도 많다. 따라서 평범한 방법으로는 자신의 능력을 드러낼 기회를 얻기 어려우며, 반드시 남다른 방법을 생각해내야 한다.

쩡셴쯔

099

사죄로써 사업을 일으키다

쩡셴쯔曾憲梓는 홍콩의 유명한 기업인이자, 현재 중국 전국인민대표대회 상무위원회 홍콩대표직을 맡으며 정치계에서도 강한 영향력을 행사하고 있는 인물이다. 하지만 그도 이름을 날리기 전에는 가난한 세일즈맨에 불과했다.

하루는 그가 가방에 넥타이를 잔뜩 넣어가지고, 한 외국인이 경영하는 의류 매장을 찾아갔다. 의류점 사장은 그의 초라한 모습을 위아래로 훑어보더니 무례한 말투로 당장 나가라고 요구했다.

기분이 잔뜩 상해서 집으로 돌아온 쩡셴쯔는 그날 밤 내내 한숨도 잘 수 없었다. 낮에 있었던 일을 생각하면 아직도 얼굴이 화끈거렸다.

이튿날 아침, 그는 정장을 말쑥하게 차려입고 어제 그 의류점을 또다시 찾아갔다. 그는 매우 공손한 말투로 사장에게 말했다.

"어제는 실례가 많았습니다. 정말 죄송합니다. 오늘은 그저 차나 한 잔 하기 위해 온 것입니다. 괜찮겠습니까?"

의류점 사장은 어제와 달리 깔끔한 옷차림에 예의를 갖춘 그에게 호감을 느껴 기꺼이 허락했다. 둘은 마주 앉아 차를 마시며 이런저런 이야기를 나누었는데, 대화를 할수록 서로 말이 잘 통한다는 것을 알게 되었다.

차를 모두 마셨을 때쯤, 사장이 물었다.

"넥타이는 어디에 있나요?"

쩡셴쯔는 빙그레 미소 지었다.

"오늘은 영업을 하러 온 것이 아니라, 사과를 드리러 온 것입니다."

사장은 그의 진실한 사람됨에 감동했다.

"내일은 꼭 넥타이를 가져오세요. 내가 사드릴게요."

그 일을 계기로 두 사람은 좋은 친구가 되었다. 그리고 훗날 그들은 함께 손을 잡고 남성복 명품 브랜드인 진리라이金利來를 창조해냈다.

무슨 일이든 너무 쉽게 포기해서는 안 된다. 이것은 가장 중요한 성공의 원칙이다. 그리고 전략을 수립하는 것이 성공의 두 번째 원칙이다. 무턱대고 매달리며 포기하지 않는다면 남들에게 반감을 사겠지만, 포기하지 않는 의지에 진실함을 덧붙이면 아무리 굳게 닫힌 문이라도 열 수 있다.

리카싱

100

대세를 잡다

리카싱李嘉誠은 플라스틱 생산기업을 발판으로 아시아 최고의 부자가 된 입지전적인 인물이다. 그가 초창기에 조화를 생산해 짭짤한 수입을 올리고 있을 때, 미국의 한 기업이 그의 공장 전체를 300만 홍콩달러에 인수하겠다고 제의했다. 그 정도면 합리적인 가격의 두 배에 달하는 아주 후한 조건이었다. 며칠 동안 심사숙고하던 리카싱은 공장을 팔기로 결심했다. 그 돈을 자본금 삼아 대규모 합성고무 공장을 설립할 요량이었다. 수십 년 동안 플라스틱 공장을 운영한 경험이 축적되어 있는 데다가, 때마침 합성고무 산업이 호황을 누리고 있었기 때문이다. 하지만 얼마 지나지 않아 그는 이 업종의 호황 속에 위기가 도사리고 있다는 사실을 발견했다. 그는 원점으로 다시 돌아가 자금을 어디에 어떻게 이용할 것인지에 대해 깊이 고민하기 시작했다.

치밀한 조사와 집요한 분석 끝에 그가 얻은 결론은 바로 부동산 투자였다. 머지않아 홍콩의 부동산 시장이 폭발적으로 성장할 것이라고 판단했기 때문이다. 그런데 얼마 후 중국에서 문화대혁명이 일어났다. 그러자 많은 사람들이 위기감을 느껴 너도나도 홍콩을 떠나기 시작했다. 그들은 서둘러 이민을 가기 위해 가지고 있던 부동산을 헐값에 처분했다.

리카싱의 남다른 배짱과 결단력은 여기에서 발휘됐다. 남들이 팔기에 급급해하는 사이, 그는 막대한 양의 토지와 건물을 사들였다. 그의 행동을 이해할 수 없다는 주위의 반응에도 그는 아랑곳하지 않았다.

1년 후 홍콩에 다시금 안정이 찾아오자, 이내 부동산 가격이 폭등하기 시작했다. 그 덕분에 리카싱은 투자액의 몇 배에 달하는 차익을 남길 수 있었다. 당시 리카싱이 보유하고 있던 홍콩의 땅은 다른 대형 부동산기업과 어깨를 나란히 할 수 있을 정도로 큰 규모였다. 이 땅들은 그가 훗날 홍콩에서 대규모 사업을 벌이고, 또 홍콩 최고의 재벌로 우뚝 설 수 있게 만든 원동력이 되었다. 반면 그가 과거에 종사하던 조화산업은 사양길로 접어들어 완전히 몰락해버렸다.

'오늘의 밥줄'에만 만족하며, '내일의 밥줄'을 생각하지 않는 것은 많은 사람들이 발전하지 못하거나 실패하는 근본적인 원인이다. 예컨대 공기업에서 근무하는 사람은, 일단 취직하면 거의 정년까지 자리가 보장되기 때문에, 특별히 능력 계발에 애쓰지 않는다. 시간이 가면서 자연히 능력은 퇴화된다. 그럼에도 불구하고 그는 자신이 언제까지나 그 자리를 유지할 수 있을 것이라고 생각한다. 어느 날 회사의 경영 악화에 따른 통폐합과 함께 구조조정의 칼바람이 몰아친다. 그는 비로소 자신이 아무것도 가진 것이 없음을 깨닫는다. 그러나 이미 때는 늦었다. '내일의 밥줄'을 찾는 것은 바로 시대 조류의 파악을 의미한다. 현재 인기 업종이 앞으로도 호황을 누릴 것이라고 생각한다면 오산이다. 지금 주목받지 못하는 업종이 오히려 폭발적으로 성장할 수도 있다. 시대의 큰 흐름을 똑바로 파악하는 사람만이 남들보다 한발 앞서서 향후 가장 유망한 직업을 가질 수 있다.

아들아,
생각을 바꾸면
인생이 달라진다

편저 치우칭지엔, 황쉬에리 | **옮긴이** 허유영
펴낸이 오광수, 진성옥 | **펴낸곳** 도서출판 **새론북스**
편집 송이령, 김선숙 | **마케팅** 최대현, 김진용
주소 서울시 용산구 원효로1가 112-4 디아뜨센트럴 217호
전화 (02) 3275-1339 | **팩스** (02) 3275-1340

http://www.dreamnhope.com | jinsungok@empal.com

개정판 1쇄 발행일 | 2010년 1월 15일 ● **개정판 4쇄 발행일** | 2011년 10월 10일

ISBN 978—89—93536—15—7(03820)